Joachim Markfort

Gesellschaft der Engel

Novelle

AF272359

ISBN 3-89811-279-9
Umschlag: Entwurf des Autors
Herstellung: Libri Books on Demand

„Ich sah auf Erden Engelsitte schalten, und Himmelsschönheit, sondergleichen beide, daß die Erinnerung Schmerz uns gibt und Freude, denn, was ich seh´, sind Schatten, Traumgestalten."

(Francesco Petrarca, Canzoniere, CLVI)

*

„Please," sagte er, „Sie werden mich doch nicht mit Menschen allein lassen, die keine Zweifel haben, das sind schreckliche Leute."

(Antonio Tabucchi, Lissabonner Requiem)

[Erzengel, die sieben obersten Engel: Michael, Gabriel, Raphael, Raguel, Saraquiel, Zotiel, Fanuel; vgl. Engel]

[Engel (lat. angelus, „Bote"), im christl. Glauben körperloses, geistiges, persönl. Wesen hoher Vollkommenheit, von Gott geschaffen und aus Gnade zur seligen Anschauung Gottes berufen. „Bote", weil nach der Heil. Schrift von Gott zu einzelnen Menschen mit Aufträgen gesandt.]

(Meyers Kleines Lexikon, 3 Bde., Leipzig 1931)

Eine blaue Neonwelle umrahmte den Schriftzug „Atlantique". Darunter stand „Bar – Restaurant". Durch die aluminiumgefaßten Glastüren erkannte ich im Näherkommen die Gäste, die an den kleinen Restauranttischen und an der Bar saßen. Es waren nur wenige. Trotz des böigen Windes und der Novembertemperaturen war ich die hundertfünfzig Meter vom Haus hierher gelaufen. Der Kirchplatz vor dem Atlantique lag dunkel und verlassen da, daß zum Teil überteerte Kopfsteinpflaster glänzte schwarz im Licht der Telefonkabinen. Früher war ich öfter hier gewesen, aber nur in der Hauptsaison. Nie im November. Man war nicht aufgefallen. Im November dagegen fiel jeder Fremde, der sich in den kleinen Inselort verirrte, unweigerlich auf.

Ich beeilte mich, in den warmen Barraum zu gelangen und atmete erleichtert auf, als ich alles unverändert vorfand. Als erstes suchte ich den Blickkontakt mit dem Barmann, murmelte „Guten Abend" und setzte mich an einen der sechs kleinen Tische im Barraum. Erleichtert befreite ich mich von meiner dunkelgrünen, geölten Jacke mit dem karierten Wollfutter. Dann wartete ich ergeben, daß der Barmann mich nach meinen Wünschen fragte.

Der Barmann unterhielt sich gerade mit einem älteren Mann, der wie ein Fischer aussah. Ich konnte von der Kleidung des Fischers nur das verwaschene blau-orange karierte Hemd und einen groben grauen, schon stark verschlissenen Strickpullover sehen, an dessen Ellenbogen schwarze Lederflecken aufgenäht waren. Ihre Unterhaltung drehte sich um Politik, soviel konnte ich trotz der Entfernung verstehen. Am Tisch neben der Eingangstür saß ein junges Paar mit dem Rücken zur Bar. Beide trugen wildgemusterte T-Shirts, die sie zu dieser Jahreszeit draußen unter schwarzen Kunstlederjacken verbargen. Sie rauchten ununterbrochen, tranken sehr langsam von dem Kaffee, der vor ihnen stand. Ihre Unterhaltung war wie eine kleine Quelle, die wie gelegentliches Geplätscher Sprache mehr imitierte als darstellte.

Gleich rechts vom Eingang hockte ein vielleicht siebzehnjähriger Küchenjunge mit roten Stoppelhaaren aus der Restaurantküche des Atlantique. Jedenfalls hörte ich das aus seinen gelegentlichen Wortwechseln mit dem Barmann heraus. Der Küchenjunge warf kleine Münzen in den Spielautomaten neben sich, ohne die Spiele zu verfolgen. Dabei trank er mechanisch sein Bier. Zu Hause wartete nur die Ödnis des elterlichen Hauses und sein Zimmer unterm Dach. Ab und an warf er aus glänzenden grünen Augen einen verstohlenen Blick auf die junge Frau mit den schwarzen Haaren, deren T-Shirt ihre Figur so deutlich wie möglich machte.

„Was bekommen sie", fragte der Barmann mich über die Theke hinweg.

„Ein Fischer bitte", entgegnete ich kurz. Ich betrachtete den Barmann, wie er konzentriert das Bierglas in die richtige Neigung brachte und dann den Hahn im letzten Moment schloß, bevor der Schaum überlaufen konnte. Ein kurzer Blick des Barmanns nötigte den Küchenjungen aufzuspringen und dem Fremden das Bier auf den Tisch zu stellen.

„Zum Wohl", sagte der Barmann, mehr in den Raum, dazu.

An der Bar wurden Würfel auf den Tresen gestellt. Ich wandte mich in Gedanken ab. Der Barraum war tatsächlich genau so, wie ich ihn vor vielen Jahren kennengelernt und im Sommer vor vier Jahren zuletzt verlassen hatte. Die Theke lief die ganze Längsseite des vielleicht acht Meter langen Raumes entlang. Da er in der Breite nur gerade vier Meter fünfzig maß, teilte sie ihn der Länge nach in ein Refugium des Barmanns und den Schlauch der Gäste, die an den sechs Tischchen oder den Barhockern Platz finden mußten. Über einer tischhohen Täfelung waren die Wände mit dunkelblauem, schwarzgestreiften Veloursteppich verkleidet, der einen nächtlichen Hintergrund für einen billigen verzerrenden Spiegel, der ebenfalls über die ganze Wand lief, abgab. Daneben hingen Teller, kleine Bilder und Zierspiegel mit aufgedruckten Whiskylabels an der Wand. Die Rückseite der Bar bildete ein deckenhohes Regal, das mit den bekannten Alkoholsorten der ganzen Welt gefüllt war. Die Flaschen waren mit wenigen Ausnahmen stark verstaubt. Gläserregale, Kasse, Kaffeemaschine, Fruchtsaftpresse, Eiswürfelbehälter, Shaker und noch andere Dinge, die in einer Bar vonnöten sind, vervollständigten die Ausstattung.

Erst gestern Nacht war ich auf der Insel angekommen. Ich hielt es keinen Abend in dem leeren Haus, das ich für vierzehn Tage bewohnen durfte, aus. Daran änderten auch der Kamin und die Bibliothek nichts. Ernsthaft benutzen konnte ich die französischen Bücher ohnehin nicht. Ich suchte nach Gesellschaft. Der November war für mich schon immer die kreativste Zeit, in der ich am besten neue Texte für Zeitschriften und Bücher schreiben konnte. Mir war klar, das ich auch in der Bar allein sein würde. Aber trotzdem fühlte ich mich in Gesellschaft wohler, so wie ich mich in einem Rettungsboot auf offener See selbst dann besser fühlen würde, wenn mein ärgster Feind mit darin säße. Vor mir auf dem kleinen Tisch mit der geäderten Marmorplatte lag die Zeitschrift, die ich mir für alle Fälle in die Tasche gesteckt hatte. Ein Gartenmagazin. Ich schlug es auf und blätterte ziellos durch die Seiten, die in opulenten Fotografien des kommenden Frühlings schwelgten. Es gelang mir nicht, mich zu konzentrieren. Gearbeitet wird ab morgen, dachte ich. Vierzehn einsame Tage lagen vor mir. Mißmutig schlug ich das Heft wieder zu. Durch den Rand meines Bierglases, das ich an den Mund gehoben hatte, sah ich, wie die Tür sich öffnete und eine etwa vierzigjährige Frau, gefolgt von einem Windstoß, die Bar betrat. Beinahe fiel dem Barmann das routiniert getrocknete Glas aus der Hand bei diesem Anblick. Sie überwand die Distanz zur rettenden Theke in der kritischen Zeit, bevor alle Anwesenden den Mund zuklappen konnten und befahl:

„Eine Flasche Champagner. Den besten!" Ihre Worte hatten in etwa die gleiche Wirkung, wie die

Churchill´s, als er seinen Spruch vom Wind säen und Sturm ernten losließ.

Die Schweinsäuglein des Barmanns begannen zu glitzern und er zauberte mit einer Geschwindigkeit, die niemand mit seiner feisten Statur in Verbindung gebracht hätte, eine Flasche und Gläser hervor, die er direkt vor Madame plazierte. Sogar eine Schale mit Nüssen und Keksen fand ihren Weg, wie seit Menschengedenken nicht mehr, zum Kunden.

„Ich feiere heute Geburtstag", verkündete die Göttin, die zu diesem Zweck in einem knappen schwarzen Kleid und einer Pelzstola erschienen war.

Die Sachen sind zu bieder, um haute couture zu sein, aber auch zu billig, um vulgär zu sein, dachte ich.

Madame nahm derweil ihren Hofstaat in Augenschein und musterte den Küchenjungen, das Liebespaar, das sich bereits von seinem Schrecken erholt hatte und mich, der allein vor seinem Bier am letzten Tisch saß.

Ich erschrak, als ihr Blick mich traf. Ich war keineswegs auf eine solche Begegnung vorbereitet, die mich an eine Filmszene denken ließ. Als ich ihre warme Stimme hörte, legte sich meine Besorgnis.

„Kommen sie, trinken sie ein Glas mit mir." Eine auffordernde Geste unterstrich ihre Einladung. Ich stand auf, überlegte einen Augenblick, ob ich Zeitschrift und Bierglas mitnehmen sollte, entschied mich dagegen und trat an die Bar. Da ich in einiger Entfernung von ihr stehengeblieben war,

9

bat mich Madame freundlich und ganz ohne Kommandoton, auf dem Hocker neben ihr Platz zu nehmen. Die Zigarette, die sie mir anbot, lehnte ich höflich ab. Das Glas, das der Barmann mir anbot, ergriff ich dagegen wie einen Rettungsanker. Dabei versuchte ich mich zu erinnern, wie man auf französisch zum Geburtstag gratulierte.

„Nennen sie mich Germaine", rief sie dem leeren Raum zwischen sich und dem Barmann zu, schlug ihr Glas an die ihren und trank es bis zur Neige aus. Der Barmann war so von den Socken, daß er keinen Ton über die Lippen brachte.

„Ich weiß nicht", begann ich und ärgerte mich über meine hölzerne Art. Und nach einer kleinen Pause:

„Madame Germaine, darf ich mir erlauben, sie zu ihrem Geburtstag..." fing ich erneut an, um sogleich unterbrochen zu werden.

„Keine Umstände, es ist nicht mein Geburtstag. Es ist der Geburtstag eines Freundes, der vor vielen Jahren starb. Für mich jedenfalls", erklärte sie. „Eine lange, traurige Geschichte. Nichts für so eine kalte Nacht. Monsieur, nicht wahr, haben sie heute Nacht schon etwas vor?"

Ich blickte den Barmann erstaunt und hilfesuchend an. Dieser ließ ein leises, hohes Kichern hören und wandte sich an Madame.

„Erwarten sie noch weitere Gäste zu dem Ereignis? Das Küchenpersonal ist noch da, wir könnten eine Kleinigkeit anbieten, wenn sie es wünschen."

Nun ja, die letzten Jahre sind seine Gefährten immer noch erschienen, aber heute hat man mich unverschämterweise völlig alleingelassen. Der Grund, warum ich hier bin, verstehen sie ?"

Der Barmann nickte zum Einverständnis heftig mit dem Kopf und stellte sich überraschend als Antoine vor. Dann ersetzte er die bereits geleerte erste Flasche geschwind durch eine zweite. Zwischendurch fragte er weiter, wer denn nun das Geburtstagskind sei, wie man sonst so gefeiert hätte und anderes.

Madame antwortete freimütig, es sei sonst eigentlich eher eine Orgie gewesen, man war ja auch jünger, spontaner, hatte die großen amerikanischen Vorbilder vor Augen. Heute ginge eben alles schon wieder den bürgerlichen Gang. Aber sie sei auch nicht bereit, einfach kampflos aufzugeben, bloß weil ihre Bekannten sie sitzen gelassen hatten, betonte sie mit wildem Gesichtsausdruck, der ihrer grellen Schminke nicht nachstand.

„Diese Geburtstage müssen also regelrechte Happenings gewesen sein ?" fragte er.

„Ja, ganz genau. Es wurden viele Geschichten erzählt. Skandalöse Geschichten, glauben sie mir. Wir waren schließlich auch eine literarische Loge", meinte Madame mit einer Spur Überheblichkeit in der Stimme.

„Eine sehr elitäre Sache also", mischte ich mich, leichtfertig Anteilnahme und Begreifen vortäuschend, ein.

„Was tust du denn nun also hier, mein Freund", wechselte Madame abrupt die Richtung unseres Gesprächs mit schwerer werdender Stimme. „ Erzähl uns doch einfach eine Geschichte! – Was meinst du, Antoine?"

Antoine betrachtete sie mit feuchten Lippen und schweißnassem Gesicht. Dann nickte er gierig, ohne nachzudenken. Seine Hände polierten wieder mechanisch die Gläser. Ich fand, daß ich an diesem Abend nichts mehr vorhatte. Der Champagner war in der besten Verfassung und ich sah, daß auch der Küchenjunge und das Pärchen vom Eingangstisch erwartungsvoll zu mir herübersahen. Einen Augenblick prüfte ich mich, ob ich diese Geschichte, die von mir erwartet wurde, wirklich erzählen sollte, dann gab ich nach.

„Es wird euch vielleicht wundern, aber ich suche nur mein Auto."

Diese Eröffnung hätte auch den versiertesten Zuhörer aus dem Konzept gebracht. Es war zu banal. Madame riß die blauen Augen auf, brachte nur ein Stöhnen über die Lippen. Antoine drehte, der Bedeutung des Augenblicks bewußt, die Augen ergeben zum Himmel und wandte sich schon halb von seinem Gast ab, um einer der üblichen Thekengeschichten zu entkommen.

Dieses Erstaunen nahm ich zum Anlaß, meine Geschichte zu beginnen. Dabei sah ich befriedigt, wie der Küchenjunge näher an uns heranrückte, um alles zu verstehen. Antoine stellte ihm achtlos ein schon schales Bier hin.

1.

„Wo willst Du hin ?",

fragte Gregor aus dem anhaltenden Wagen heraus, die Scheibe der Beifahrertür wegen des starken Regens nur halb herunterlassend. Er hatte die durchnäßte Gestalt am Straßenrand direkt unter einer Laterne, bestreut von fahlem, gelblichem Licht gerade noch bemerkt.

„Richtung Mainz",

erwiderte der junge Mann, sich zu dem halboffenen Fenster herunterbeugend. Gregor nickte und drückte den Schalter des Fensterhebers, noch während der Anhalter die Tür öffnete und sich schnell auf den Beifahrersitz schwang. Zwischen seinen Füßen deponierte er einen kleinen blauen Rucksack aus synthetischem, hoffentlich wasserdichtem Material. Seine karierte Wolljacke schien sich mit Wasser vollgesogen zu haben wie ein Schwamm. Er fuhr mit der Hand über sein nasses Gesicht und blickte Gregor erst jetzt wieder an.

„Vielen Dank", murmelte er mit leiser Stimme, „bei solchem Wetter hält fast nie jemand, wegen der Polster".

Seine Worte machten Gregor, weil er für sein Mitleid kein Lob erwartete, verlegen. Langsamer als üblich fuhr er die nasse Straße entlang, von Spurrillen hin- und hergeschoben. Plötzlich störte es ihn, daß der linke Scheibenwischer am Ende jeder Aufwärtsbewegung an den Rahmen der Frontscheibe anstieß und damit seinen Takt in das Rauschen des Regens klopfte. Die regelmäßigen Lichtkegel der Straßenlaternen blieben an der Auffahrt zur Autobahn zurück.

Seine Neugier, den Anhalter genauer zu betrachten, war groß. Der starke Wind und der Regen ließen ihm aber immer nur kurze Augenblicke lang Zeit, seinen Beifahrer zu betrachten. Sein Gesicht war noch sehr jung. Von seiner Kleidung stieg ein feuchter, verbrauchter Busgeruch auf, den er schon jahrelang nicht mehr gerochen hatte. Vielleicht trampt er nach Hause, überlegte er.

„Darf ich rauchen?",

unterbrach seine Frage Gregors Gedanken. Gegen seinen Willen stimmte er zu und dachte an den noch nie benutzten Aschenbecher. Der junge Mann suchte eine verdrückte Packung Zigaretten aus einer Hemdtasche und kramte ein kleines weißes Einwegfeuerzeug aus der Hosentasche. Im Schein der kleinen, zuckenden Flamme beobachtete Gregor sein Gesicht. Es war von klassischem Schnitt, wie eine griechische Plastik. Ein schmaler Kopf mit fein gezeichneten, klaren Linien. Die Nase wirkte auf ihn wie die Verkörperung des goldenen Schnitts. In seiner eindrucksvollen Wirkung wurde der makellose Ausdruck noch verstärkt und hervorgehoben durch den einige Tage alten Bartansatz und einen müden Zug um die Augen. Die schwarzen Haare waren so kurz, daß sie ihre Form durch den Regen nicht verloren hatten. Sie liefen in langen, präzise geschnittenen Koteletten aus.

„Möchten Sie?,"

fragte er. Er hielt seine zerknitterte Packung in Gregors Richtung. Dabei fiel Gregor plötzlich auf, daß er am ganzen Körper zitterte. An seiner Hand vorbei griff Gregor darum an das Armaturenbrett und stellte die Heizung höher. Die Scheiben begannen, sich zu beschlagen.

Er überging die Frage mit einer Gegenfrage.

„Wo willst Du hin in Mainz ? Wenn es nicht zu weit vom Weg abliegt..." Das Ende des Satzes ließ er unausgesprochen.

Sie waren fast allein auf der Straße. Ab und an einige entgegenkommende Lichter. Der Himmel war pechschwarz und es regnete unaufhörlich weiter, in immer gleicher Stärke. Das Rauschen des Regens war kein bewußt wahrgenommenes Geräusch mehr, sondern der Grundton ihrer Fortbewegung, der alles andere überlagerte.

Die rote Glut an der Zigarette des Jungen bewegte sich langsam zwischen dem Aschenbecher und seinem Gesicht. Mit ruhigerer und wärmerer Stimme als zuvor fragte er: "Fahren Sie vielleicht noch weiter als Mainz?"

Er drückte die Zigarette aus und wandte sich Gregor zu.

„Ich konnte dort nicht mehr im Regen warten, verstehen Sie?", setzte er hoffnungsvoll hinzu. Einen Moment lang blickte Gregor zur Seite und war von der Intensität dieses Blickes überrascht. Eine unbestimmte Zuneigung, die er sich so schnell nicht zu erklären wußte, hatte ihn in Besitz genommen. Alle Vorbehalte fielen plötzlich von ihm ab. Er mißachtete bewußt die ihm antrainierten Warnsignale.

„Wo willst Du dann hin, wenn nicht nach Mainz?"

Nach einigem Zögern räusperte sich der Anhalter und erwiderte leise:

„Nirgends".

Einige hundert Meter lang lauschte Gregor dem Klang dieses Wortes nach. Eine Welle des Ärgers kämpfte mit Lachreiz und Neugier. Die Neugier sprach:

„Was heißt nirgends, gibt es dazu vielleicht noch einen kleinen bescheidenen erklärenden Nebensatz?"

Ein Schild versprach eine Raststätte in fünf Kilometern.

„Ich setze dich an der Raststätte ab."

Der Junge sagte eine Weile nichts. Als das nächste Schild die Rastanlage verkündete, griff er nach dem Rucksack und zog ihn auf die Knie.

„Es tut mir leid, daß ich Sie da hereingezogen habe. Ich steige dann aus."

Man wurde nicht klug aus dem Kerl. Man müßte ihn zum sprechen bringen. Andrea und die Kinder erwarteten ihn erst in zwei Tagen. Unsinn, was hast du mit dem Jungen zu schaffen. Die Neugier gab sich noch nicht geschlagen.

Der Wagen rollte die gepflasterte Auffahrt zur Raststätte herauf. Kurzentschlossen fuhr er in eine Parkbucht und schaltete den Motor aus.

Während der Junge nach dem Türgriff tastete, schaltete Gregor die Innenbeleuchtung ein. Er drehte sich zu ihm um und sagte so harmlos wie möglich:

„Hör mal, willst du vielleicht noch einen Kaffee trinken?"

Seine kastanienbraunen Augen verloren ihren unbestimmten Ausdruck.

„Ich..." er brach ab, "hm,...ja." Er grinste ein bißchen und stieg aus. Sie gingen zusammen in das Restaurant. Gregor hatte nicht bemerkt, daß der Rucksack im Wagen geblieben war. Der Regen zeichnete lange Streifen auf Gregors Krawatte.

Er hatte plötzlich Hunger. Ein Blick auf die Karte genügte ihm und er schob sie dem Jungen über den Tisch zu.

„Bestell dir etwas". Mit Erstaunen registrierte er, daß ihn seine Gegenwart seltsam befangen machte, daß er nicht frei sprechen konnte. Bewundernd betrachtete er die kurzen Hände, mit denen der Junge eine große Tasse Kaffee umschloß, den dünnen silbernen Ring mit eingeschnittenen emaillierten Delphinen, der den Mittelfinger der linken Hand schmückte. Gregor sträubte sich dagegen, in Begriffen wie natürliche Anmut oder vollendete Einfachheit zu denken, aber passendere fielen ihm einfach nicht ein.

Zu seiner großen Freude bestellte er etwas zu essen. Eine Weile würde er also noch in seiner Nähe sein. Diesen unvermuteten Gedanken zog er jedoch sofort erschreckt zurück, um ihn noch einmal einer Ausgangskontrolle zu unterwerfen. Was brachte ihn dazu, die Nähe des Anhalters zu wollen? Er war auf dem Weg nach Hause. Sein Leben war in einer schwierigen Phase. Er hatte weiß Gott anderes zu tun. Er sollte jetzt einiges mit seiner Familie besprechen, die Zukunft planen. Die Familie, das große, bequeme Haus, seine Selbständigkeit stand auf dem Spiel. Wahrscheinlich würden sie nicht mehr zu viert nach Kanada fliegen, wie geplant. Na schön. Aber er würde auch in Zukunft an freien Tagen für die Familie kochen, den Kindern helfen, in ihrer kleinen Welt zurechtzukommen, guten Wein dazu trinken, später könnte man wieder mit Andrea über ein zweisames Wochenende beraten und die Vorfreude auf Prag, Paris oder Lissabon auskosten.

„Woran denkst du, dein Gesicht leuchtet?"

Der Anhalter betrachtete ihn neugierig. Gregor hatte einen Augenblick durch sein Gegenüber hindurchgesehen. Bei einem langen Schluck aus seinem Glas fiel ihm auf, daß er geduzt worden war.

„An zu Hause", antwortete Gregor.

„Mußt du noch lange fahren?"

„Drei, vier Stunden, je nachdem wie das Wetter wird."

Die hellen Lampen und die modernistische Einrichtung der Gaststätte störten ihn. Trotzdem versuchte er, sich auf den Anhalter zu konzentrieren. Er streckte die Hand aus, um auf die Uhr zu schauen. Die Zeit läuft ab, ging es ihm durch den Kopf. Laß ihn nicht einfach gehen. Sag irgend etwas. Hast du die Sprache verloren?

„Wie heißt du eigentlich", fragte er direkt und völlig unüberlegt. Aber der Junge antwortete ganz unbefangen.

„Manuel. Kommt von Emanuel."

„Ich heiße Gregor", stellte er sich vor. „Du bist Franzose ?", worauf er aus Manuels Akzent geschlossen hatte.

„Ja, stimmt." Mehr schien nicht über diese Lippen zu gehen.

Der Rotwein hatte zusätzlich für ein warmes, gelöstes Gefühl gesorgt. Lächelnd schloß er für einen Moment die Augen, dann fragte er Manuel nach der Bedeutung des `Nirgends´, von dem er vorhin im Wagen gesprochen hatte.

„Laß uns noch ein Stück zusammen weiterfahren. Ich habe Vertrauen zu Dir, Gregor." Völlig überrascht von diesem Bekenntnis nahm er die Zigarette dieses Mal an, die der Junge ihm anbot. Während Manuel ihm Feuer gab, hielt er dessen immer noch leicht zitternde Hand fest.

*

Ich betrat die Bar Atlantique an diesem zweiten Abend etwas früher als gestern, auch weil ich Hunger hatte. Meine große Küche für eine einzige Mahlzeit in Unordnung zu bringen, brachte ich nicht über mich. Also beschloß ich, im Atlantique zu essen und anschließend an der Bar herauszufinden, ob die Einladung, meine Geschichte möglichst noch heute abend fortzusetzen, nur Höflichkeit oder echtes Interesse war. Auf dem Weg zur Bar beleuchtete die tiefstehende Sonne die Häuser und Straßen mit glühenden Farben. Das kleine Kriegerdenkmal auf dem Platz warf einen majestätischen Schatten bis über die Straße zum Zeitungsladen. Nur wenige bunte Blätter hingen noch an den Bäumen neben den Telefonzellen, die anderen trieben in Pfützen, sammelten sich in schmutzigen Haufen in den Ecken der Kirche und verklebten den parkenden Autos die Scheiben. Ich war mir nicht sicher, ob ich hier wirklich nach Manuel suchen sollte. Vielleicht würde der Barmann einen Tip geben, wenn er mehr von Manuels Geschichten hörte.

Im Restaurant waren die meisten Tische unbesetzt. Nur direkt am Fenster saßen zwei Ehepaare, bestimmt Einheimische. Ich nahm einen Platz nahe der Anrichte, von wo ich in den Barraum sehen konnte. Es ging mir darum, zu wissen, wer heute abend zu den Zuhörern gehören würde. Aber es ließ sich während der ganzen Mahlzeit niemand blicken. Auch Germaine, die sich gestern erst nach dem Ende meiner Erzählung verabschiedet hatte, erschien heute abend nicht. So fand ich mich nach dem Abendessen an demselben kleinen Tisch, an dem ich auch gestern zunächst gesessen hatte. Als der Barmann mich sah, verließ er seinen Platz hinter der Theke und kam an meinen Tisch, um mir die Hand zu schütteln.

„Ein Fischer?" fragte er mich aufmunternd.

„Gerne, und Sie?" fragte ich zurück. Er schüttelte den Kopf und deutete mit den Augen zur Uhr, die über dem Durchgang zum Restaurant hing.

„Sonst niemand da, was?" bemerkte ich, um die Unterhaltung in Gang zu halten.

„Der Küchenjunge ist noch nicht fertig und Champagner werde ich wohl heute keinen verkaufen." meinte Antoine lakonisch.

„Sie meinen, sie kommt heute nicht?"

„Nein," meinte Antoine gedehnt, „kann ich mir nicht vorstellen. Germaine dreht meist nur einmal im Monat durch. Sie ist übrigens Schriftstellerin und ständig auf der Suche nach neuen Stoffen für ihre Romane."

Nach einer Weile erschien der rothaarige Küchenjunge. Seine grünen Augen leuchteten mich an, als mich fragte, ob ich die Geschichte heute fortsetzen wolle. Ich stimmte zu, worauf er eilig hinter der Theke verschwand um sogleich mit einem frischen Bier wieder zu erscheinen. Mit seinen schmutzigen Händen stellte er es vor mich hin, wischte sie dann an der langen weißen Schürze ab. Gerade schob ich ihm einen Stuhl zurück, damit er sich setze, als er plötzlich wie unter einem Schlag den Kopf einzog und blitzschnell in die Küche zurückkehrte. Die Stimme des Kochs hatte ihm brutal zu verstehen gegeben, daß er gefälligst zuerst noch die Küche zu schrubben habe. Die wiedereingetretene Stille benutzte ich, um Antoine zu fragen, ob es hier in der Gegend niemand gebe, der Manuel ähnele.

„Schon möglich". Antoine zögerte. Dann stellte er mit einer schnellen Handbewegung den kleinen Tischfernseher ab, der auf der Bar für Gäste uneinsehbar ein Fußballspiel gezeigt hatte. Er setzte sich, eine Zigarette in der Hand, zu mir an den Tisch und forderte mich auf, ihm mehr über diesen Manuel zu erzählen.

Ich dachte wieder an die Fahrt vor etwa einem Monat, auf der ich Manuel kennengelernt hatte.

*

"Du hast dich vielleicht schon eine ganze Weile gefragt, was mit mir los ist", begann Manuel seine Erzählung, als sie unter einem aufklarenden Himmel Richtung Süden aufbrachen.

"Du könntest beinahe mein Vater sein und weil ich nie richtig mit ihm sprechen konnte, erzähle ich einfach dir die ganze Geschichte. Wenn du sie nicht mehr hören willst, halte an und ich steige aus."

Nach einer Pause, in der Manuel versuchte, seiner inneren Bewegung Herr zu werden, fuhr er fort:

"Vor fünf oder sechs Jahren traf ich `zufällig´, heute bin ich mir dessen allerdings nicht mehr so sicher, in meiner Heimatstadt einen Bruder meiner Mutter, der aus Mainz kam, um uns zum ersten Mal nach vielen Jahren zu besuchen. Er ist in Worms als Priester im Provinzialat eines Ordens tätig.

Ich interessierte mich für ihn und sein Leben, weil es sich vollständig vom Leben in unserem Beamtenhaushalt unterschied. Zwar ging es bei uns schon ziemlich katholisch zu, aber eben nur im deklaratorischen Sinne. Die damit verbundene Heuchelei störte mich weniger, als der permanente Zwang, mit der sie aufrechterhalten wurde. An jenem Tag, es war ein heißer Sommertag, saßen mein Onkel und ich in einem Straßencafe am Hafenbecken, direkt an der Schleuse. Er trug sein Ordensgewand, aber es machte mich eher stolz, neben so einem Blickfang zu sitzen. Er schilderte mir eine Begebenheit aus seiner Abtei. Es handelte sich um einen jungen Novizen, der sehr mit sich im Zweifel war, ob er bei seinem Schritt in den Orden bestehen könne. Mein Onkel gab mir einen Brief zu lesen, durch den er diesem Novizen die Ideenwelt des Ordens zu vermitteln suchte, die ihn erwartete, um ihn in seiner Entscheidung zu bestärken. Eilig überflog ich den Brief:

„Lieber Bruder, Du hast an die Tür unseres Konventes geklopft, ohne Dir bewußt zu sein, was Dich dort erwartet, was unser Orden bedeutet.

Du bist mit vielen Fragen gekommen: der Frage nach Gott, dem Willen zur Selbstverwirklichung durch Gott, Deinem Platz in der Welt ... Einige Zeit hattest Du schon, Deine Entdeckungen zu machen. "

„Der Tonfall des Briefes ließ mich zuerst zurückschrecken, weil er so gar nicht der sonst unkomplizierten Sprache meines Onkels entsprach.

Ich war bereits im Begriff, ihn wegzulegen, als ich mich besann und doch weiterlas, um nicht unhöflich zu wirken."

„Was aber kann Dir unser Orden anbieten, um diese Fragen gültig zu beantworten? Nun, eine Gemeinschaft von Brüdern im Geiste Gottes, die den Menschen zuhört und zur Seite steht. Das geschieht im Gebet, aber auch in der Begegnung, dem Dialog, in der Kontemplation und dem Studium.

Diese Gemeinschaft ist stark im Mitleiden mit den Menschen im Elend, in der Unterdrückung. Sie ist stark in der Suche nach Menschlichkeit, Frieden und Gerechtigkeit.

Deine Aufgabe wird es sein, das Evangelium zu verkünden. Das ist schwer, wie wir nur zu genau wissen, und deshalb bleibst Du nicht allein. Der Mut wird Dich in dieser Gemeinschaft nicht verlassen, die gemeinsam betet und kämpft."

„Der Brief wandte sich dann noch einer Reihe praktischer Dinge der weiteren Ausbildung dieses Novizen zu, die ich uninteressiert überflog.

Ich war nicht schwer zu beeindrucken und doch stieß mich gleichzeitig etwas ab, was ich damals nicht benennen konnte. Mein Onkel sprach mich auf das angespannte Verhältnis zu meinen Eltern nicht an, aber er wußte zweifellos davon. Er lud mich ein, ihn im Rheinland zu besuchen, der Heimat der mütterlichen Seite meiner Familie. Nach ein paar Tagen erkannte ich, daß mein Onkel eine Welt vor mir aufgeschlagen hatte, die ich noch Tage zuvor lächerlich und borniert gefunden hätte. Langsam schien mir die Lösung meines Zwangsverhältnisses zur eigenen Familie in greifbarer Nähe zu liegen.

Während vieler freier Nachmittage streifte ich nun durch die dunklen, muffigen Säle der Kirchen und Kapellen unserer Insel, verbrachte Stunden an abgelegenen einsamen Stränden, immer aufs Neue die Worte des Onkels abwägend. Das bislang unbeachtet gebliebene Religionslehrbuch verschlang ich in einer Nacht.

Dann beschloß ich, ihn am Rhein zu besuchen, mich freizumachen vom Regiment der Eltern. Sie waren nicht abgeneigt, mich den deutschen, den katholischen Teil der Familie, erkunden zu lassen; vom Besuch in der Klause des Onkels erzählte ich nichts."

Manuel unterbrach seine Erzählung für einen Moment. Gregor blickte fragend herüber.

„Du hast ja gar nicht angehalten, hm.. ?" lächelte Manuel.

„Erzähl du nur weiter, wenn du mich schon neugierig gemacht hast," brummte Gregor zurück.

„Und dann begann etwas, von dem ich nicht weiß, ob ich bereits an dessen Ende angekommen bin oder ob doch nur die letzte Prüfung meiner endgültigen Befreiung vor mir liegt", nahm Manuel den Faden der Geschichte wieder auf. Die Landschaft, die sie nun durchquerten, war waldlos geworden, hügelig. Einzelne kleine Ortschaften lagen hingestreut zwischen grünen Seen aus Weinstökken. In der Ferne vereinzelte Regenschauer, aber auch grelle Säulen, gebündelt aus Sonnenstrahlen, zwischen der aufgerissenen Wolkendecke und der grünbraunen Erde.

Ich wurde sehr freundlich aufgenommen in der Abtei meines Onkels am Paulusplatz. Dort traf ich ihn aber nicht an, weil er sich im Auftrag des Provinzialkapitels in Rom aufhielt. Man sprach mit großer Hochachtung von ihm und lud mich sogleich ein, dort abzuwarten, bis er in fünf Tagen zurückgekehrt wäre. Ich war ruhiger als sonst in den Entscheidungen, die ich zu treffen hatte, willigte sofort ein und wurde einem Novizen anvertraut, der mich in deren Wohnheim unterbrachte.

Er war ein freundlicher Junge, der mein Deutsch in kürzester Zeit auf den neuesten Stand brachte und sich in allen Dingen um mich kümmerte. Die kleinste Unsicherheit beseitigte er durch seinen einfachen, unkomplizierten Umgang mit mir.

Ich machte mich also ernsthaft vertraut mit den Lebensbedingungen dort, aber ich hatte das Pech, daß ich dem Idealbild solchen Lebens in der Abtei zu nahe kam. Innerhalb von nur fünf Tagen fühlte ich mich unbeschreiblich glücklich. Wir erkundeten zusammen die Abtei, durchstreiften die Stadt und die nähere ländliche Umgebung; mir war nicht bewußt, daß man Thomas für meine Betreuung von seinen täglichen Pflichten dispensiert hatte. Aber er war loyal zu mir, genoß seine kurze Freiheit. Es drängte ihn nicht, seine und seiner Mitmenschen Lebenswelt zu problematisieren. Um seine einfache Lebenseinstellung habe ich ihn danach noch oft, ohne ihn je wiederzusehen, beneidet.

Mein Onkel fand mich also völlig verändert in seiner Abtei in Worms vor und er nahm meinen Wunsch, in den Orden einzutreten, zwar mit Erstaunen, aber doch erfreut auf. Meine Eile hingegen, gleich dort zu bleiben, schien ihm unangemessen und er legte mir, gleichsam zur Probe auf, mich mit meinen Eltern über diesen Wunsch zu verständigen. Ich erfuhr von ihm, daß die Eingliederung in den Orden eine langwierige Prozedur sei, die mit dem Postulat beginne, für das ich die geforderten Bildungsvoraussetzungen ja mitbrächte. Von meinen Eltern wisse er, daß ich studieren wolle. Dies sei der richtige Weg auch in seinem Orden, er rate mir aber dazu, diesen Weg zu Hause zu beschreiten. Er sagte nicht Frankreich, sondern nannte den Namen einer Ordensprovinz.

Nach sechs Monaten, führte er weiter aus, könne ich dann das Noviziat beginnen, die Zeit des Kennenlernens des religiösen Lebens, der Liturgie und der Gemeinschaft der Brüder. Während mein Onkel die Einzelheiten der Einführung der jungen Brüder in den Orden ausbreitete, war ich endlich von der Richtigkeit dieser Entscheidung derart überzeugt, daß mir sogar die Auflage, daß Einverständnis meiner Eltern einzuholen, als gangbarer Weg erschien.

Die komplexen intellektuellen und persönlichen Konfliktpotentiale des von mir ohne viel Nachdenken angestrebten Lebensweges kamen mir noch lange nicht zu Bewußtsein. Ich feierte meine Befreiung als gelungenen Selbstversuch; ich war

Münchhausen, der sich am eigenen Zopf aus dem Schlamassel zog."

Um ihn zum Gang der Handlung zurückzubringen fragte Gregor:

„Wie haben Deine Eltern darauf reagiert?"

„Mein Vater hat nur mit den Achseln gezuckt. Er hielt mich für einen unreifen, launischen und verzogenen Blindgänger, der sicher genau das Gegenteil von dem machen würde, was er ihm sagte. Meine Mutter dagegen manövrierte mich damals geschickt in die Falle, die sie mir zusammen mit ihrem Bruder gestellt hatte und in der ich heute noch sitze."

„Was meinst Du damit?"

„Nun", murmelte Manuel, "sie regte sich darüber auf, daß ich mich von so einer Laune für mein ganzes Leben abhängig machen wolle, beschimpfte ein wenig meinen Onkel, diesen `bigotten Prälaten´ und brachte mich so dazu, die ganze Sache feurig zu verteidigen.

Ein paar Tage später gaben meine Eltern scheinbar nach. Es wurde ein finanzielles Abkommen getroffen und man gestattete mir, zunächst Postulant, dann Novize zu werden. Warum meine Eltern so gehandelt haben, tut jetzt nichts zur Sache."

Manuel schwieg eine Weile. Auf der Straße war praktisch kein Verkehr mehr. Weil Gregor sich nicht geäußert hatte, zweifelte er, ob er weitererzählen sollte. Aber er wollte es jetzt loswerden.

„Das Leben in Worms war wirklich so etwas wie die Entdeckung nie gesehener Kontinente für mich, so verrückt sich das anhören mag; so mußte Columbus das neue Indien betreten haben, Amundsen den Nordpol - , Humboldt den Orinoco erforscht haben, wie ich es mit den Straßen, Plätzen und Lokalitäten dieser uralten Stadt und seinem hügeligen Umland entlang des Rheins tat.

Es erschlossen sich neue Welten in Konventen und Bibliotheken, vor allem aber in den Menschen, mit denen ich lebte und in den Ideen, die mir unterbreitet wurden. Es häutete mich vollständig, so daß die Freunde meiner Schulzeit mich nicht mehr erkannten, genau wie mir ihr Leben mit der Zeit unverständlich erschien. Aber ich wurde auch älter.

Meine Mentoren, der Novizenmeister und sein Stellvertreter, hielten sich mit Bewertungen vor den Novizen zurück. Jedenfalls ging ich auf Empfehlung des Konventes und meiner Lehrer nach der Profeß zum Studium nach Paris. Mein Wunsch, Theologie und französische Philologie zu belegen, wurde mir zu meiner großen Freude erfüllt.

Heute", resümierte Manuel seine bisherigen Schilderungen und bekräftigte sie mit einer umfassenden Handbewegung, „stehe ich am Ende des Studiums und vor dem endgültigen Eintritt in den Orden."

„Gemessen an Deinen Erfahrungen, scheint mir das kein besonders grausames Los zu sein, Manuel", bemerkte Gregor mit einem freundlichen Lächeln. Zum ersten Mal nannte er den Anhalter bei seinem Namen.

2.

Am frühen Nachmittag erreichten sie Otternheim. Der Ort hatte noch ganz seine mittelalterliche Gestalt. Eingezwängt in eine Stadtmauer aus Bruchsteinen, mit Wehrgängen und Türmen und Toren in alle vier Himmelsrichtungen. Eine Stufe erhob sich aus der flachen fruchtbaren Ebene, die sie zuvor durchfahren hatten. Diese bot den Weinfeldern warme Böden und großzügige Sonne. Otternheim lag auf halber Höhe dieser Stufe auf einem kleinen Plateau.

Manuel betrachtete Gregor eine Weile, als sie die schmale Straße zum Ort hinauffuhren. Gregor trug einen grauen, wollenen Anzug über schwarzen, wildledernen Mokassins, ein schwarzes Hemd, daß seine weißgrauen Haaren sehr schön zur Geltung brachte und eine sehr kleine ovale, goldgerandete Brille.

„Bist du eigentlich reich ?" fragte Manuel.

„Nein, nein," meinte Gregor," ich bin weder arm noch reich. Es ging mir schon mal besser, weißt du. Manchmal verkaufe ich ein paar Bücher."

„Bücher ?" fragte Manuel.

„Ja. Ich schreibe zum Beispiel über Gärten, Gartengestalter und Gartenkunst. Ich bin im Moment mit den Vorarbeiten zu einer Serie über die Gärten der Päpste beschäftigt. Sie soll möglicherweise im kommenden Frühjahr erscheinen. So lebe ich schon einige Jahre." Er sah keinen Grund, seine finanziellen Probleme vor Manuel auszubreiten.

Er bog mit dem Wagen auf einen Parkplatz an der Innenseite der Stadtmauer ein. Es war warm, ein bißchen windig. Blaue Haufenwolken zogen über ihnen hinweg, Scharen von Vögeln übten sich im Formationsflug.

„Diesen Ort wollte ich dir zeigen, Manuel. Es ist der richtige Platz, um nachzudenken, Geschichten zu erzählen und einiges zu erleben. An diesem Wochenende ist das Stadtfest, so eine Art Weinfest mit kulturellen Veranstaltungen. Wenn du einverstanden bist."

Da sie beide noch keinen Hunger hatten, beschlossen sie, einen Ausflug in die umliegenden Weinberge zu machen. Gregor fühlte sich durch die Erzählung Manuels gedrängt, dessen Vertrauen zu erwidern. Er hatte schon lange keine Gelegenheit mehr gehabt, mit jemandem über sein Leben und seine Wünsche zu sprechen. Manuel bot ihm unverhofft diese Möglichkeit und er beschloß, sie zu nutzen.

Eine Weile stiegen sie den staubigen Weg zwischen zwei Weinbergen hinauf, ohne miteinander zu sprechen.

„Bevor du platzt", stichelte Manuel, "solltest du besser den Mund aufmachen."

Gregor quittierte die Bemerkung mit einem ärgerlichen Seitenblick, begann aber, nach Worten suchend, zu erzählen.

„Wenn man es genau nimmt, habe ich schon die lächerlichen Anstrengungen meiner damaligen Mitschüler verachtet, ein nützliches Rädchen im wirtschaftlichen und gesellschaftlichen Getriebe zu werden. Sie haben sich gegenseitig unter solchen Anpassungsdruck gesetzt, daß alle etwas `Richtiges´ geworden sind. Eigentlich war ich mir immer im klaren, daß es eine Möglichkeit geben mußte, den Anspruch eines selbstbestimmten, erfüllten Lebens mit gesellschaftlicher Anerkennung und wirtschaftlichem Erfolg zu verbinden. Heute glaube ich langsam so weit zu sein", resümierte Gregor, " auch wenn die wirtschaftliche Seite noch nicht wieder so richtig stimmt."

„Was hast du vorher gemacht, wenn du `wieder´ sagst ?, fragte Manuel dazwischen.

„Vielleicht fange ich wirklich besser von vorne an", gab Gregor zu. Sie gingen nun oberhalb der Stadtmauer einen schmalen, staubigen Pfad entlang. Eisenkraut, Silberdisteln und Brombeerranken wucherten an einem niedrigen Mäuerchen, das den Weg begrenzte. Die Nachmittagssonne brannte immer noch kräftig.

„Nach der Schule habe ich mich ganz schnell für meine Themen entschieden und sie zu Hause durchgesetzt. Ich wollte Botanik und Geschichte studieren. Nützlichkeitserwägungen blieben bei dieser Entscheidung selbstverständlich außen vor. Mein Enthusiasmus war, fand ich, dem lächerlichen Utilitarismus meiner Mitschüler haushoch überlegen und ich ließ es sie auch deutlich spüren. Die ganzen Jahre, in denen sie ihre Schultyrannei, ihr geschwätziges Diktat des `Du gehörst dazu, du gehörst nicht dazu´ ausgeübt hatten, zahlte ich ihrer moralischen Verlogenheit zurück, nachdem wir unsere Zwangsgemeinschaft endlich beendet hatten.

Der Rausch hielt die ersten Jahre des Studiums hindurch an. Ich war gut, weil ich wißbegierig war, auch weil ich frei war und keinen besonderen Zwängen unterworfen. Vieles von dem, was ich lernte, konnte ich selbst für ganz andere, spätere Aufgaben noch verwenden. Meine Bücher bauen manchmal heute noch auf den damals gelegten Grundsteinen auf, leider liest sie kaum jemand.

Dann stieg der Druck, einen Abschluß zu machen. Ich entzog mich, so gut ich konnte, Semester um Semester, dann versagte ich. Ich brachte einfach die Kraft nicht auf, mich für den Augenblick des Abschlusses zu disziplinieren, weil mir meine Freiheit in Gefahr schien. Vor allem fehlte mir jetzt plötzlich die Vorstellung von einer Zukunft außerhalb nützlicher Regelmäßigkeit, die ich so verabscheute. Unternehmer zu werden, dafür gab es in unserer Familie keine Erfahrungen oder Talente. Wozu also?

Durch einen Zufall vermittelte ein Verwandter einen Aushilfsjob bei einer Firma, die ein älterer Bekannter in einer stillen Seitenstraße in der Nähe des Bahnhofs unserer Stadt betrieb. Er war ein Grieche aus Kleinasien, vor ewigen Zeiten, den Zeiten der `Großen Idee´ der Venizelisten, vor Atatürk geflohen und nach dem letzten Krieg nach Deutschland gekommen."

„Was für Dinger? Venizelisten?" unterbrach Manuel.

„Ja die Griechen wollten damals unter ihrem Ministerpräsidenten Venizelos das im I. Weltkrieg zusammengebrochene Osmanische Reich..., was solls, gehört nicht hierher," unterbrach sich Gregor. „Darüber kann ich ein anderes Mal erzählen. Meine Aufgabe war es also, in seinem Auktionshaus die Lose auszuzeichnen und bei den Versteigerungen zu präsentieren. Das war allerdings nicht mit Sotheby´s zu vergleichen. Es ging um alte Möbel, Teppiche, Fernseher zum Teil dunkler Herkunft. Nebenher hatte er im zweiten Stock eine Pfandleihe und ein Kreditbüro für Kunden, denen sonst niemand mehr Kredit gab. Nichts hätte mir fremder sein können. Es hatte dem alten Gauner Spaß gemacht, als er hörte, daß ich griechisch gelernt hatte und so nahm er mich. Die Tätigkeit war jetzt, das wurde mir nach ein paar Monaten klar, sozusagen meine `bürgerliche Existenz´. Ich war weder Arzt, noch Lehrer, weder Apotheker, noch Anwalt. Ich war nichts, was sich im Katalog der bürgerlichen Träume aufgezählt fand."

Gregor, der vorausging, bog auf einen Pfad durch den Weinberg ein. Bald erreichten sie einen alten Feigenbaum, ein ungewöhnlicher Anblick in dieser Umgebung, unter dem eine verwitterte Bank stand. Das rissige Holz hatte eine silbergraue Farbe angenommen. Neben dem Baum stand schräg ein verwaschener Sandstein mit einem kaum noch zu erkennenden Wappen, vielleicht ein alter Grenzstein. Von hier aus konnten sie ganz Otternheim überblicken. Die schieferschwarzen und tonroten Dächer glänzten in der Sonne, eingefaßt vom hell leuchtenden, schützenden Ring aus Mauern und Türmen. So könnten schon Matthias Merian oder der französische Revolutionsmarschall Turenne den Ort, in durchaus unterschiedlicher Absicht, gesehen haben. Manuel kaute an einer Handvoll roter Trauben, die er im Vorbeigehen gepflückt hatte.

„Nach und nach lernte ich das Auktionsgeschäft kennen", fuhr Gregor lebhafter fort. „Immer größere Aufgaben wurden mir anvertraut. Ich versteigerte die Höfe verarmter Bauern, die Häuser verschuldeter Familien, den Hausrat einsamer, ehemals reicher Witwen. Aber richtig erfolgreich sollte ich erst in einer anderen Sparte seines Unternehmens werden. Nicht selten hatte der Grieche den Opfern seiner Versteigerungen selbst die Kredite gegeben, die ihnen zum Verhängnis wurden. Kredite zu vergeben, wurde meine Passion. Je mehr `anständige´ Menschen ich in meine Kreditfalle locken konnte, desto mehr freute es mich. Jeder einzelne von ihnen büßte damit für den Hochmut, den ich früher von dieser Kaste erlitten hatte. Zum Spaß kaufte ich mir eine vollständige Ausgabe von Marx / Engels Werken, auch Ricardo und Adam Smith, Max Weber und Schumpeter und dergleichen, um mir die häßlichsten Seiten der kapitalistischen Akkumulation zu Gemüte zu führen. Die politische Ökonomie war meine Leidenschaft. Neben dem Börsenhandel und dem Glücksspiel tat ich die entfremdetste Arbeit, die ich mir vorstellen konnte. Ich tat sie deshalb gerne, weil ich mir einredete, ich hätte das Recht auf meine Rache. Die

Umstände hatten mein Schicksal zu verantworten, nicht ich. Also sollten andere, denen ich die Schuld an den Umständen zuschob, leiden. Ich wälzte Geld um. Aus Geld wurde mehr Geld und daraus wieder Geld. Ich begann, meine Opfer sorgfältig auszusuchen. Zunächst erkundigte ich mich bei Auskunfteien und Inkassofirmen, ließ Recherchen anstellen, befragte Bekannte aus dem Kreditgewerbe. War das Opfer erst in einer schwierigen Situation, bot ich mich als Retter, als Helfer in der Not an und würgte es dann mit den horrenden Zinsen und Gebühren, bis die ganze bürgerliche Fassade endlich abgebröckelt war und die nackte, erbärmliche Angst zu spüren war, die mich befriedigte und mein Leben rechtfertigte."

Gregor schwieg erschöpft nach diesem Ausbruch. Manuel zündete eine Zigarette an und schob sie Gregor zwischen die Lippen. Eine Weile betrachteten sie schweigend den Ort. Die Schatten der Häuser waren länger geworden. Ein staubiger Geruch aus den Weinbergen und der Blütenduft der Sträucher um sie herum drängten sich zu einem spätsommerlichen Eindruck zusammen, wie sie ihn seit ihren Kindertagen nicht mehr so intensiv wahrgenommen hatten. Gregor schüttelte ein paar Mal den Kopf, ohne etwas zu sagen, als wolle er eine lästige Erinnerung abschütteln. Dann fuhr er mit der Hand mehrmals über sein ganzes blasses Gesicht und blickte Manuel müde an.

„Du kannst deine Verachtung ruhig loslassen. Ich nehme sie in Kauf; schließlich bist du sowas wie ein Priester".

„Was für eine saudumme Bemerkung", fuhr Manuel ihn an und sprang auf. „ Was du mir da erzählt hast, ist ja nicht besonders ungewöhnlich. Miese Geschäfte sind heute in jeder Sparkasse zu Hause. Und die ganz krummen Dinger finden wahrscheinlich seit römischen Zeiten hinter glänzenden Fassaden statt. Dagegen warst du doch nur ein kleines Licht."

Gregor warf die Zigarette weg und legte Manuel die Hand auf die Schulter.

„Du hast wahrscheinlich recht. Es ging mir um die moralische Schuld, unabhängig vom Maßstab," sagte Gregor mit nachlassender Anspannung. „Sei wieder friedlich, ich wollte dich nicht beleidigen. Es ist ja auch keine griechische Tragödie. -

Laß´ mich den Rest auch noch erzählen. Ein paar Jahre später habe ich mich selbständig gemacht, nachdem der Grieche gestorben war. Irgendwann war mein Ehrgeiz, es den anderen zu zeigen, erloschen, denn man behandelte mich mittlerweile als `Anständigen Bürger´, weil ich Geld hatte. Woher es kam oder wie ich es machte, interessierte niemanden. Die ganz üblen Praktiken stellte ich aber erst ab, nachdem ich einen meiner früheren Mitschüler, einen Arzt, in die Finger gekriegt hatte. Seine Frau kam eines Tages zu mir und bat mich, ihn zu verschonen. Sie bot sich mir an. Aber ich schickte sie weg und stundete zum ersten Mal. Der Vorgang hatte mich zu sehr ernüchtert.

Ich gehörte also nun auch ein wenig dazu. Man entblödete sich nicht, mich nach vielen Jahren wieder anzurufen und sich auf vergangene Freundschaft zu berufen. Ich fühlte mich wichtig. Dazu gehörten natürlich auch die Zeichen des Erfolgs. Ein großes Haus, Frau und Kinder, Gesellschaft, Reisen, Kunst, mit einem Wort, alles wovon man so träumt. Die Geschäfte liefen dank guter Beziehungen immer besser, immer reibungsloser, immer anonymer."

„Dann haben sie dich also doch gekriegt", meinte Manuel unvermittelt. „Du bist ihnen am Schluß in die Falle gegangen".

„Du hast recht, aber ich habe es noch rechtzeitig gemerkt. Die erste Chance auf eine sinnvolle Art des Lebens hatte ich im Studium verpaßt. Aber die zweite habe ich dann ergriffen", erwiderte Gregor. „Weil ich nach und nach das Interesse daran verlor, mich an Leuten zu rächen, zu denen ich selbst gehörte, beschloß ich, mich wieder von ihnen zu trennen. Ihr entfremdetes, so nützliches Leben hatte ich kennengelernt, hatte es mit Erfolg geführt, mit so viel Erfolg, daß ich mir nun endlich mein eigenes Leben würde leisten können. Dachte ich jedenfalls. Ich ließ sie ohne Bedauern zurück.

Eines Tages sprach ich mit einem Enkel des alten Griechen, der in der gleichen Branche war, und setzte ihn zuerst als Mitgeschäftsführer ein, später verkaufte ich ihm den ganzen Laden, den er mit seinem Geschäft zusammenführte. Er zahlte einen guten Preis, von dem ich heute noch gut leben könnte, wenn ich nicht innerhalb von drei Jahren das meiste durch Spekulation verloren hätte." Gregor legte eine kleine Pause ein.

„Wie wäre es jetzt mit der Absolution ?"

„Erstens ist das ja wohl nur die halbe Geschichte," gab Manuel gereizt zurück, „und außerdem kannst du dir diese flachen Sprüche wirklich sparen. Ich gebe dir eine Chance dich loszukaufen, daß dürfte deinem Verständnis von Kirche eher entsprechen. Du darfst mich fürstlich zum Abendessen einladen."

„Ich werde dich mit grünen Heringen an Fastenquark verwöhnen, zuvor eine Mousse vom Fliegenpilz, als Abschluß aber eine Blutwurst zum Lobe der Inquisition und..."

„Halt doch mal die Klappe", beschwerte sich Manuel. "Plappern deine Kinder auch so ein blödes Zeug?"

„Danke, das war das richtige Stichwort", versetzte Gregor und nahm seinen Bericht wieder auf.

„Ich hätte etwas darum gegeben, als Forschungsreisender an Bord der `Endeavour´ oder der `Resolution´ mit James Cook die Südsee zu durchstreifen, oder wie hast du noch gesagt, wie Humboldt den Orinoko zu erforschen, um der Welt Nachrichten von der Natur und ihren Wundern zu geben."

„Das sind doch Kinderphantasien. Heute finden diese Expeditionen auf dem Mars statt." Manuel schüttelte den Kopf und sah Gregor mitleidig besorgt an.

„Es sind nur deswegen Kinderphantasien, wie du das nennst, weil man den Kindern ihre Phantasie kontinuierlich austreibt, damit sie so etwas wertvolles wie Standesbeamter oder Bäckereifachgehilfin werden", brummte Gregor.

„Wirkliche Lebensqualität hat etwas mit Erkenntnis zu tun, Erkenntnis eigener angemessener Lebensweise. Anpassung an fremde Vorstellungen führt bestimmt nicht zu diesem Ziel, im Gegenteil, sie verhindert die notwendige Erkenntnis. Ich bin mir ziemlich sicher, daß du auf diesem Weg schon weit gegangen bist. Letzten Endes ist es gleichgültig, ob man ein aktives, weltliches Leben oder ein geistliches, weltabgewandtes, kontemplatives Leben lebt, wenn man es aus freiem Willen tut. Nicht als Funktion einer bestimmten Lebenssituation, verstehst Du ?"

Gregor wandte sich zu Manuel um, der hinter ihm die schmale Treppe durch den Weinberg hinabstieg. Gelbe Schmetterlinge torkelten neben ihnen über Schierling und Seifenkraut, die aus dem geborstenen Sandstein der Treppeneinfassung wucherten. Er bückte sich und betrachtete einen Aronstab, der neben einem Busch Lungenkraut seine Pracht entfaltete.

„Schau mal, ein Pfaffenpint, wie der Volksmund sagt". Die heilige Hildegard hat behauptet, er sei gut gegen Fieber, Gicht und Reißen, aber auch gegen Melancholie und Traurigkeit."

„Das Zeug ist giftig", erwiderte Manuel angesichts der obszönen Gestalt des Aronstabs kurz angebunden.

„Außerdem kommst du vom Kurs ab, Gregor, im Moment reden wir von dir", wies Manuel ihn zurecht. "Was für Bücher schreibst du eigentlich so ?"

„Um das verständlich zu machen, muß ich etwas weiter ausholen. Ich habe nicht zufällig hier in Otternheim angehalten. Vor ungefähr fünf Jahren war ich mehrmals hier, um für einen Artikel zu recherchieren. Ende des 18. Jahrhunderts, kurz vor der französischen Revolution, gehörte der Ort den Rheingrafen von Grehweiler, einer alten Grafenfamilie mit Sitz im Reichstag. Otternheim war der schönste und ansehnlichste Ort dieser Grafschaft und lag sehr verkehrsgünstig. Zwei Postlinien kreuzten sich auf dem Marktplatz. Hier also hatte sich in den 1770er Jahren eine geheime Akademie gegründet, wie das damals überall in Europa Mode war. Sie befaßte sich mit der Pflege einer im Diderot´schen Sinne aufgeklärten Kulturforschung. Wobei der Kulturbegriff alle gesellschaftlichen und weltanschaulichen Bereiche einbezog. Da waren", Gregor blieb auf einem Absatz der Treppe stehen, um Luft zu holen, "damals wichtige Leute dabei. Zum Beispiel soll der österreichische Kronprinz Joseph, der Sohn Maria Theresias, als Graf von Falkenstein inkognito teilgenommen haben, wenn er auf Reisen durch die habsburgischen Lande hier durchkam. Die Burg Falkenstein steht nicht weit von hier."

„Die haben sich also hier in dem Nest getroffen, als geheimer Zirkel, um über Gott und die Welt zu reden ?", staunte Manuel.

„Nicht nur das. Da wurde auch Politik gemacht. Große Politik. Aber mich interessierte sozusagen mehr die gartenschöpferische Seite. Man wetteiferte in diesem Kreis, mit durchaus unterschiedlichen Möglichkeiten natürlich, um die schönste, ja die genialste Gartenanlage. Die strenge Formalität der französischen oder italienischen Gärten der Zeit war schon im Rückzug begriffen. Dafür hatte man hier in Otternheim einen ansässigen Gartenarchitekten, der in englische Dienste getreten war. Er hatte im Auftrag verschiedener einflußreicher Leute Gärten angelegt, bis sogar die Regierung ihn auswählte, in Indien öffentliche Parkanlagen zu gestalten. Dafür hatte er hohe Auszeichnungen und als Krönung den Ritterschlag erhalten. Dieser Sir William wurde alsbald in die geheime Akademie gewählt und gab den Sitzungen eine weitere interessante Facette."

Gregor und Manuel kehrten die gepflasterte Hauptstraße entlang durch das Johannistor in den Ort zurück. Am Ende der gekrümmten Straße passierten sie den Marktplatz mit dem gotischen Rathaus. Hier bogen sie in die Sebaldusstiege ein und standen gleich vor dem Hotel "Zum Deutschen Kaiser". Zielstrebig steuerte Gregor durch die Halle den Innenhof an. An einem schattigen Tisch zwischen Strauchrosen setzten sie sich und bestellten Getränke.

„Das Leben dieses Sir William war einigermaßen aufregend. Aber mein Buch hat sich hier allerdings nicht gut verkauft. Es wird nächstes Jahr vielleicht in England als Fernsehfilm produziert. Hoffentlich !"

Der Kellner brachte außer einer großen Flasche Wasser auch einen Krug mit Otternheimer Riesling und eine Platte mit verschiedenen geräu-

cherten und eingelegten Fischen. Die Kirchturm-
glocken schlugen an. Sie waren ganz allein in dem
wunderbar rosenduftenden Hof. Eine Weile
träumten sie vor sich hin, tranken den Wein in kleinen Schlucken. Sie hatten Zeit.

„Bleiben wir hier ?", fragte Manuel.

„Ja, sicher, wenn du nicht noch weiter willst,
nehmen wir uns Zimmer hier. Es ist der richtige
Ort, sich für etwas zu entscheiden."

„Aber nicht mehr heute bitte", seufzte Manuel
behaglich und streckte sich in seinem Stuhl, „dafür
ist der Tag zu schön und zu leicht."

Später am Abend saßen sie am Kamin des
Speisesaales. Ein schwerer schmiedeeiserner Kron-
leuchter warf gelbes Licht in den historischen, sorgfältig restaurierten Raum. In die ungeheuren
schwarzen Deckenbalken waren Mundartsprüche
eingeschnitzt, die bäuerliche Lebensweisheiten für
die Gäste bereit hielten.

„Wie war das also weiter mit Sir William ?"

Gregor legte das Besteck zur Seite und schob
seinen Teller ein Stück weit von sich. Seine Hände
machten eine umfassende Bewegung.

„Die Beschäftigung mit Gartenanlagen hat
mich schließlich dazu gebracht, selbst an den Bau
eines Gartens zu denken. Er soll ein wahrhaftes
Abbild der geistigen Gärten werden, die ich in meiner Vorstellung durchstreift habe, als ich das Buch
über Sir William schrieb. Mir fehlt nur noch der
Mäzen."

„Eine seltsame Vorstellung", bemerkte Manuel, „du willst einen materiellen Garten nach einer virtuellen, höchst differenzierten Gartenwelt deiner Vorstellung gestalten ? Mit welchen Mitteln ?"

„Mit den Mitteln des Symbolismus", erwiderte Gregor ernst. "Natürlich kann und will ich keine reale Entsprechung der Gartenvisionen Sir Williams realisieren, mir geht es um die Verwirklichung grundsätzlicher Standpunkte durch das Zusammenspiel von künstlicher Natur und künstlerischer Gestaltung. Dabei habe ich übrigens einen Garten vor Augen, den ich vor einigen Jahren in Mittelitalien für einen Artikel aufgesucht habe. Er enthält sowohl architektonische als auch literarische Motive, Schöpfungsszenen und Fabeln, die Stein geworden sind. Die Metamorphosen des Ovid sind ein Thema der Anlage. Leider ist er sehr vernachlässigt."

„Mir wäre eine natürliche Parklandschaft lieber, wenn ich mir das so anhöre", sagte Manuel kauend. "Gehen wir noch auf das Weinfest ?"

„Wenn du keine Dummheiten machst," willigte Gregor ein und bereute sofort, was er gesagt hatte. Er beeilte sich fortzufahren:

„Zu dem Garten in Italien gehört allerdings noch eine erstaunliche Geschichte, die mir sehr viel Aufschluß über die unglaublichen Wirren, die sich im Leben ereignen können, gegeben haben. Es ist sozusagen märchenhaft. Willst du sie hören ?

Es war einmal", begann Gregor, indem er sogleich ein Märchen imitierte, um daß phantastische des Geschehens herauszustreichen, „ein junger sensibler Prinz in Italien, der sehr unter seinem rauhbeinigen Vater litt. So schloß er sich eng an seine feine, hochgebildete und herzensgute Mutter an, die einem vornehmen Geschlecht entstammte. Er legte den Namen, den sein Vater ihm gegeben hatte, ab und nannte sich lieber nach seinem Großvater, sagen wir Lorenzo. In jungen Jahren starb Lorenzos Mutter unter ungeklärten Umständen. Der zartfühlende Jüngling setzte schon mit siebzehn Jahren ein paar Kinder in die Welt, schrieb schlechte aber gefühlvolle Gedichte und bereitete sich auf eine militärische Laufbahn vor, wie es damals Brauch war. Er fand seine Julia in einem berühmten Haus, aus dem auch diverse Päpste stammten. Sie war, wie es sich ziemte, schön reich klug. So liebten sie glücklich miteinander, was dazu führte, daß die alte Burg, die er von seinem Vater geerbt hatte, in ein Schloß nach der neuesten Mode umgebaut werden mußte, ein Garten angelegt und die Inneneinrichtung dem angesagtesten Geschmack der Renaissance angepaßt wurde.

Dann lernte er durch seine Frau einen bezaubernden Jüngling namens Federigo kennen, der alle Menschen durch sein freundliches Wesen und seine außerordentliche Schönheit bezauberte. Sogar der Papst hatte an diesem Enkel, denn das war er, seinen Narren gefressen und verschaffte ihm die Hand einer Tochter des französischen Königs namens Diana. Das galt als eine gute Partie, obwohl sie arrogant dumm und zimperlich war. Auch Lorenzo wurde, wie die ganze Welt zu dieser Hochzeit nach Paris eingeladen, weil ihn eine innige Freundschaft mit Federigo verband.

Im folgenden Jahr brach ein Krieg aus, in den Federigo an der Seite Lorenzos zog. Federigo aber mußte in der Schlacht neben Lorenzo sterben, der sich daraufhin die Schuld gab, es nicht verhindert zu haben. Er hätte lieber seines für Federigos Leben gegeben. Der Feind nahm Lorenzo gefangen und hielt ihn viele Jahre im Kerker. Als endlich das Lösegeld bezahlt war, kehrte er auf sein Schloß zurück. Dort fand er seine Julia sterbenskrank."

„Daraufhin", unterbrach ihn Manuel, „wurde er wahrscheinlich depressiv und erschoß sich entweder selbst oder er ging ins Kloster".

„Schwermütig heißt das im Märchen", ging Gregor darauf ein, „aber so einfach ist es natürlich nicht. Lorenzo tat etwas viel gescheiteres. Hör genau zu. Er verwandelte sich in einen finsteren weltabgewandten Menschen. Aber er verwandte auch seine frühere Entschlossenheit und Tatkraft auf die Umgestaltung seines Gartens."

„Ach, daher weht der Wind." Manuel pfiff durch die Zähne und sah Gregor spöttisch von unten her an.

„Entschuldige, aber ich sehe das gar nicht so negativ. Es ist ihm gelungen, die enorme Belastung, der er ausgesetzt war, in kreative Sinngebung umzukehren, deren Resultate man heute noch besichtigen kann, obwohl da fast vierhundert Jahre dazwischen liegen."

„Und was wären die Resultate, mit denen du offensichtlich eine beträchtliche Seelenverwandtschaft empfindest ?" fragte Manuel ungeduldig.

„Ich hätte gern noch das Ende des Märchens erfahren."

Gregor legte trotzdem noch eine Kunstpause ein und fuhr dann ganz obenhin fort, zu erzählen.

„Lorenzo begann seinen Garten so zu verändern, daß jede erkennbare Planung daraus getilgt wurde. Aber nicht in dem Sinne, daß eine natürlich wirkende Landschaft erschaffen werden sollte, wie es die Engländer zuerst mit ihren Landschaftsgärten getan haben, sondern um seinem Leben, aus dem alle Harmonie, alles Geordnete, Schöne und Kunstvolle gewichen war, einen bildhaften Ausdruck zu verleihen.

Daher spiegelte Lorenzos Park die Abgründe seiner Seele. Alles war gewollt, von den Inschriften mit den Dante - Zitaten bis zum grotesken Figurenschmuck. Für seine Julia und den Freund Federigo ließ er eine Gedenkkapelle errichten, die nichts als ein hohler, stummer Torso war. Obwohl er sich vorwiegend in seinem Schloß vergrub, machte er einmal eine Reise in den Norden seines Landes und traf einen alten Bekannten wieder, den er vor vielen Jahren auf einem Konzil als päpstlicher Gesandter kennengelernt hatte. Dieser Cristoforo war ein hoher Kirchenfürst und Lorenzo, der inzwischen an Wahnvorstellungen litt, glaubte, daß er vielleicht von ihm geheilt werden könnte. Der mächtige Kardinal, der außerdem noch viele andere Ämter und Würden innehatte, folgte der Bitte Lorenzos und besuchte ihn bald danach in seinem Schloß. Zum Glück hatte Cristoforo in der Nähe ein altes Besitztum, auf dem er sich in den folgenden Jahren immer öfter aufhielt, um Lorenzo zu besuchen, denn sie verstanden sich sehr gut. Dann entsagte er eines Tages allen Ämtern und Würden und wurde der Beichtvater unseres Fürsten.

Die beiden verbrachten sehr viel Zeit miteinander. Zwischen ihnen entwickelte sich ein kurioser Wettstreit, bei dem es jeder darauf anlegte, dem anderen zu beweisen, daß ihr jeweiliger Garten besser imstande wäre, die göttliche Ordnung der Dinge oder, im Falle Lorenzos, die Allmacht des Schicksals und die Unordnung der Welt zu symbolisieren. Sie begannen, ihre Gärten in diesem Sinne zu vervollkommnen. Cristoforo legte neben der Mittelachse seines Gartens die schönsten Blumenbeete und Terassen an. Kleine Teiche fügten sich in seinen perfekten Plan der Harmonie ebenso wie Grotten, Hecken und Kaskaden.

Die wirre Anlage Lorenzos war absichtlich ungeordnet, unvorhersehbar, chaotisch. Nachdem sie sich jahrelang dieser Tätigkeit gewidmet hatten, stellten sie fest, daß der eine den anderen nicht von seinen Vorstellungen überzeugen konnte. Bald darauf starb der Kardinal. Lorenzo hatte aber durch ihn soviel Lebensmut gewonnen, daß er sich wieder, wie in seiner Jugend daranmachte, jungen Mädchen Kinder zu machen."

„Und wenn er nicht gestorben ist, dann macht er heute noch..", hier unterbrach Gregor Manuels Satz und zog das Fazit:

„Gärten sind nichts anderes als der reinste und vollkommenste Ausdruck menschlicher Gestaltungskraft. Das Beispiel Lorenzos und Cristoforos hat mich immer stark beschäftigt. Es hat mich tatsächlich so beeindruckt, daß ich seitdem meinen eigenen Weg zwischen diesen beiden Polen finden will."

„Mein Garten ist nicht aus Erde, Wasser und Steinen", bemerkte Manuel nachdenklich. „Mein Garten soll aus Menschen, Ideen und dem Wissen, das die Welt im innersten zusammenhält, erblühen. Es ist die spirituelle Gemeinschaft, die das Leben vervollkomnet, ihm Sinn gibt, soweit ich ihn erkennen kann. Danach muß man natürlich suchen, vielleicht sein ganzes Leben oder noch länger. Das ist, wenn ich es recht betrachte, genauso kreativ, wie der Ausdruck des Lebens durch künstlich erschaffene Natur. Wer einen Garten anlegt, versucht doch nichts anderes, als die Schöpfung nachzuahmen um so Eins mit ihr zu werden."

Gregor ließ sich diese Gedanken einen Augenblick durch den Kopf gehen, bevor er darauf erwiderte. Es fiel ihm nicht leicht, sich in der Situation Lorenzos wiederzufinden, der sich plötzlich mit einem Gegenentwurf zu seiner Weltflucht konfrontiert sah. Manuel hatte ihm eine andere Deutung der Geschichte von Lorenzo und dem Kardinal gezeigt, die seiner persönlichen Schlußfolgerung und Entscheidung entgegenlief. Nicht die Erkenntnis des Sinnes aus der gestalteten Materie war die Lösung, sondern die Suche nach Gemeinschaft. Er bezwang seine Unsicherheit, die dieser Gedanke bei ihm ausgelöst hatte und fand den Mut, seinen Standpunkt zu verteidigen, obwohl er ihm bisher wenig Glück gebracht hatte.

„Ein Märchen wie dieses läßt mehrere Deutungen zu. Es ist auf jeden Fall eine großartige Entscheidung, wie sich Lorenzo und der Kardinal ihrer selbst vergewisserten. Unter Zuhilfenahme des aktuellsten und beachtetsten Ausdrucksmittels ihrer Zeit."

An dieser Stelle brach Gregor ab und versank für einen Moment in grübelndem Schweigen. Es hatte wieder zu regnen begonnen. Ein Kellner schichtete Holz im Kamin auf und zündete es mit einem Stapel Zeitungspapier und Kleinholz umständlich an. Als die Flammen aufflackerten, glänzten die alten Keramiken auf den Wandborden unbeherrscht auf. Manuel und Gregor hatten noch keine Sehnsucht nach einem verregneten Weinfest. Manuel begann deshalb, ihre Zeit mit einigen weiteren Erlebnissen aufzufüllen, die ihn beschäftigten und für die er eine Lösung finden mußte.

*

Wie in den beiden letzten Tagen auch, war ich den Weg zum Atlantique hinunter gelaufen. In der Dunkelheit sah man in den wenigen Fenstern, deren Läden nicht geschlossen waren, gediegen eingerichtete Wohnungen, deren Reichtum dem abweisenden Äußeren der Häuser so gar nicht entsprach.

Die gelben Straßenlaternen schaukelten an den Drähten, an denen sie quer über die Straße gespannt hingen, im frischen salzigen Abendwind. Ein Prise faulender Seetang schwang darin mit. Ein Fahrradfahrer passierte ohne Licht. Als er um den Chor der Kirche herum auf den Platz einbog, verschluckte ihn die Dunkelheit augenblicklich. Ich suchte die Lichter der Bar. Sie war geschlossen. Vergeblich versuchte ich, mich zu erinnern, welcher Wochentag heute war. Innen an der Tür sah ich das Schild. Sonntags geschlossen. Antoine hatte gestern nichts davon erwähnt. Für ihn selbstverständlich.

Ich war enttäuscht und unzufrieden mit mir, weil ich nicht daran gedacht hatte. Der leere Abend gähnte mich an. An mein Publikum hatte ich mich schon so weit gewöhnt, daß ich heute nicht darauf verzichten wollte. Was machen andere Leute um diese Zeit? Auf dem Platz war nichts und niemand zu sehen. Das kalte Licht der Telefonhäuschen bot den einzigen schwachen Trost. Ich überlegte, ob ich in dieser Nacht noch nach Hause fahren sollte. Aber mir fiel ein, daß es am Hafen noch andere Lokale gab, von denen ich hoffte, daß wenigstens eines geöffnet wäre. Ich schlang meine Jacke fester um den Körper und machte mich auf den Weg zum Hafen.

Die Schiffstaue schlugen rhythmisch an die Metallmasten der Segelschiffe, die im Hafen für den Winter vertäut lagen. Das Meer brauste stetig in schwarzer, nur zu erahnender Enfernung. Einzig das Hotel de l'Indochine am Hafen, das ich noch nie betreten hatte, war geöffnet. An der Rezeption langweilte sich der Nachtportier. Ein junger Chinese. Ich trat ein und er sah mir fragend entgegen.

„Ist das Restaurant noch geöffnet?" Meine Frage erstaunte ihn so sehr, daß er nur den Mund aufriß, ohne einen Ton herauszubringen. Als ich mich schon wieder umdrehte, fand er seine Sprache wieder und stotterte:

„Die Bar, unsere Bar. Sie ist geöffnet. – Man kann eine Kleinigkeit zu essen ...."

„Fein", sagte ich müde. In die Pause, die nun entstand, schlug eine Standuhr neun Uhr. Dann kam etwas mehr Leben in den Portier und er wies mit der geöffneten Hand auf die breite Treppe.

„Im zweiten Stock, am Ende des Ganges auf der linken Seite."

`Am Ende des Ganges´, klang es durch meinen Kopf. Indien - Treppen in ein hellbraunes verdrecktes Flußmeer -.

Was soll ich dort ? Mühsam verscheuchte ich diesen Gedanken und wies mich für den Kalauer zurecht. Dann stieg ich die Treppe hinauf, ohne mich zu bedanken.

In der Bar saß Antoine.

„Mein Freund, ich habe eben an dich gedacht. Setz dich zu mir." Er rang seine Hände, vielleicht, weil keine Gläser zu polieren waren.

„Einen Tag ohne Bar, sei es deine oder eine andere, ist also ein verlorener Tag, Antoine ?" begrüßte ich ihn.

„Kann sein. Kann auch sein, daß ich deinen Manuel kenne. Heute Mittag in St. Martin fiel mir ein, daß er es sein könnte. Da habe ich am Hafen einen Typ gesehen, auf den deine Beschreibung paßt." Antoine schwieg eine Weile, als sei er ganz woanders.

„Willst du nicht weitererzählen?" fuhr er überraschend aus seinen Gedanken auf. „Vielleicht bekomme ich noch einen kleinen Hinweis, versteckt in deiner Geschichte."

Der junge Chinese, der auch der Nachtportier war, servierte Getränke, die Antoine bestellt hatte. Ich hatte das Gefühl, das er trotzt seines unbeweglichen, immer freundlichen Gesichtsausdrucks sehr genau zuhörte, was Antoine und ich sprachen.

„Danke, Xavier," sagte Antoine, als Xavier die Gläser gefüllt hatte.

„Er heißt Xavier ?", fragte ich Antoine, der bestätigend nickte.

„So, also Xavier." -

„Mal sehen," sagte ich nach einer Pause, in der ich mir Manuels Erzählung zurechtlegte und mich fragte, welcher Teil seiner Phantasie zuzurechnen sei, „wo war ich stehengeblieben." Ich begann, von Paris zu erzählen.

3.

„In Paris hatte ich einen Freund, einen Ma-
caochinesen, mit dem ich zusammen an der theolo-
gischen Fakultät immatrikuliert war. Dieser Xavier
hat mich oft in meinem Quartier im 23. Arron-
dissement mit seinem alten Motorrad abgeholt und
wir sind ins Zentrum gefahren. An einem schwül-
heißen Juniabend im vergangenen Jahr waren wir
beide in einer merkwürdigen Stimmung, die uns
immer dann ergriff, wenn wir längere Zeit nicht aus
Paris herausgekommen waren. Wir hatten die Se-
mesterabschlußprüfungen schon überstanden und
warteten nur noch auf das Monatsende und den
Scheck, um endlich, wie die meisten Franzosen
auch, für zwei Monate die Stadt verlassen zu können. Xavier war in einem katholischen Internat von
französischen Priestern erzogen worden und hatte
vielleicht daher einen Hang zu irren Späßen. Er
konnte stundenlang lebenslustig und guter Laune
sein, um im nächsten Moment in tiefe Melancholie
zu verfallen. Darin ließ man ihn am besten allein,
sonst konnte er gefährlich werden. Er war relativ
klein, vielleicht ein Meter fünfundsechzig, aber sehr
kräftig. Seine Augen waren nicht auffallend asia-
tisch, dabei wasserblau, was einen intensiven Ge-
gensatz zu seiner milchkaffeefarbenen, völlig haar-
losen Haut bildete. Seine dunklen Haare hatten,
soweit ich mich erinnern konnte, die Länge von
einem Zentimeter nie überschritten. Mir schien,
daß er gegen jede Art von schlechtem Wetter innerlich gefeit war, denn er verteidigte seine schwar-

zen chinesischen Baumwollsachen verbissen gegen jeden Modernisierungsversuch. Wenn es schneite, hatte er als einziges Zugeständnis an die Jahreszeit eine wattierte Jacke und eine seltsame gestrickte Baumwollmütze, um sich zu schützen. An manchen Tagen konnte er sehr unternehmungslustig sein und dieser Tag war so einer. Er stürmte in mein winziges Appartement im 14. Stockwerk eines Hochhauses, das neben anderen gleicher Bauart in Reih und Glied stand. Die Häuser waren farblich voneinander abgesetzt, um den dort wohnenden Ameisen den Heimweg zu erleichtern.

Wie immer sagte Xavier zur Begrüßung, wie kannst du in so einem Loch hausen und ich erwiderte, besser so, als in der Seine wie eine Katze zu ersaufen, weil er auf einem Hausboot wohnte. Heute Abend ist eine Fete bei Adrienne und Julie, ich soll noch jemanden mitbringen. Hast du noch Geld, wir müssen auch Getränke mitbringen. Wenn du mit Beten fertig bist, könntest du mal in die Gänge kommen. Er schob seine Nickelbrille mit dem Zeigefinger die kleine Nase ein Stück weit nach oben, wo sie auch nicht mehr Halt fand. Dann rüttelte er mich an der Schulter, bis ich endlich aufstand und mit ihm zusammen in großen Sätzen das Treppenhaus heruntersprang, weil der Lift wieder nicht fuhr.

Er drückte mir seinen Zweithelm auf den Kopf und donnerte mit seinem Motorrad über die Schnellstraßen, wie er es den Franzosen mit großer Freude abgeschaut hatte. Kein Wunder das er weder rauchte noch trank. Diese Raserei war eine viel wirkungsvollere Droge.

Unterwegs überlegte ich, was das wohl für eine Party bei Adrienne sein würde. Sie und Julie waren in unserem Semester und wir kannten sie nur flüchtig. Xavier hatte wohl keine Absichten auf eine von beiden, er mußte offenbar einfach raus heute Abend und irgend jemandem mit seinen Grillen und seinem Geschwätz auf die Nerven gehen. In einer Seitenstraße des Boulevard Holstein stiegen wir ein muffiges Treppenhaus bis zu Adriennes Mansarde hinauf, wo wir von einem höllischen Gedränge mit lauter Musik verschluckt wurden."

Inzwischen hatten sie ihr Hotel verlassen. Manuel und Gregor drängten sich langsam zwischen den Buden des Stadtfestes hindurch. Der Himmel war kobaltblau, besät mit Sternen, eine warme leichte Luft umspülte sie.

„Wann kommen denn nun die Ausschweifungen des Pariser Nachtlebens, für die besonders die geistlichen Herren so anfällig sein sollen ? Aber eigentlich brauchst du solche Geschichten auch gar nicht zu erzählen. Dafür gibt es eine spezielle Sorte Zeitungen, die damit ihre Auflage steigert." Gregor nippte an seinem Weinglas und warf einen verzweifelten Blick in die Richtung, aus der jetzt wieder die Musik einer Band herüber stampfte.

„Keine Sorge, Live - Show und Varieté hatte Adrienne nicht zu bieten."

Sie setzten sich in den gepflasterten Hof eines Winzers. Eine zwei Meter lange, schmale aufklappbare Bank bot ihnen spartanische Erholung vom Gedränge in den Gassen. Gregor ließ sich die kleinen Gläser wieder mit trockenem Otternheimer Geisterberg füllen und kehrte zu ihrer Bank zurück. Unter der bunten Lichterkette setzte Manuel seinen Bericht fort.

„Irgendwie stellten wir die Sachen, die wir mitgebracht hatten in der Küche ab, ergatterten zwei Gläser und machten uns auf die Suche nach bekannten Gesichtern. Es war eine undurchsichtige Mischung, die wir da zu sehen bekamen. Xavier war bald im Gewühl verschwunden. Ich kannte niemanden und ärgerte mich, daß ich mich von Xavier hatte überreden lassen, hierher zu kommen. Weg konnte ich auch nicht, weil ich keine Lust auf eine endlose Metrofahrt hatte. Adrienne sah ich mit einem langhaarigen Typen in ihrem Bett, als ich die Toilette suchte und probeweise die falsche Tür aufmachte. Julie entdeckte ich erst, als ich den schmalen, verrosteten Gitterbalkon betrat, der mich immer schwindlig machte, weil er wie ein Schwalbennest über dem schwarzen Schacht des Hinterhofs an der Mauer hing. Sie flüsterte einer jungen Frau beschwichtigend zu, auf Spanisch, wie mir sofort auffiel. Als die beiden zurückblickten, weil sie spürten, daß jemand hinter sie getreten war, konnte ich ihre Gesichter im Schein der Zimmerleuchte gut erkennen. Julies Bekannte war eine echte lateinamerikanische Schönheit, vielleicht dreiundzwanzig oder vierundzwanzig Jahre alt. Sie hatte schwarze, lange Haare, die ich vor dem nächtlichen Hintergrund nicht erkennen konnte und trug ein orangerotes Cocktailkleid. Sie war für meinen Geschmack etwas zu aufwendig geschminkt und trug keinerlei Schmuck. Wäre ich mit auf dem Balkon gestanden, hätte ich nicht nur die Besinnung sondern auch den Halt verloren.

Xavier stürmte in das Zimmer, eine kleine Brünette unter dem Arm und drängte sich an mir vorbei auf den Balkon, der erschreckt ächzte und knirschte. Mit einem kleinen Schwall Worte übergoß er Julie. Als er mich zufällig in der Tür zum Balkon erblickte, an die ich herangetreten war, um das spanische Wunder etwas näher zu besichtigen und eine Probe auf seine mutmaßliche wundertätige Wirkung anzustellen, erkannte er sofort an meinem Gesicht, das ich vorübergehend den Verstand und die Sprache verloren hatte.

Xavier kannte sich mit so was aus. Offenbar besser als ich. Dafür schätzte ich ihn sehr. Für anderes eben weniger. Er zog auch mich noch auf den Balkon und begann mich sofort beredt anzupreisen, bis sich Julie und das Wunder vor Lachen bogen. Julie schob uns vom Balkon herunter ins Zimmer und arrangierte mich geschickt neben die spanische Orange, die zu schälen ich jedoch alleine die Kraft nicht aufbringen würde, wie mir schien. Assistiert von Julie erfuhr ich immerhin, daß ihre Freundin Kubanerin war, die erst seit kurzem in Paris lebte und von ihrem Mann sitzen gelassen worden war."

An dieser Stelle lachte Gregor laut auf, was ihm einen bösen Blick von Manuel einhandelte.

"Natürlich stimmte kein Wort davon, was Julie mir erzählte, aber sie nahm mir die Hemmungen damit. Sie hatte uns ins Gespräch gebracht und ich erfuhr den Namen des kubanischen Wunders: Sie hieß enttäuschenderweise Sophie.

Oder auch nicht. Das war ja auch egal. Wir tranken allerhand zusammen, meine Hemmungen verloren sich mit jeder Minute und sie war offenbar nicht abgeneigt, mit mir spanisch zu reden." Manuel holte tief Luft und sortierte den nächsten Teil seines Berichts, bevor er fortfuhr. Einen Augenblick hatte er überlegt, ob er es überhaupt erzählen konnte.

„Ich hatte mich entschlossen, zu versuchen mit ihr die Nacht zu verbringen. Ich bat Xavier um Geld, weil ich wußte, daß er aus irgendeiner Quelle immer frisch damit versorgt wurde, um Sophie einladen zu können. Ich wollte endlich aus der engen Wohnung heraus. Sie war zu meiner Überraschung bereit dazu und übernahm draußen auf der Straße sofort die Führung. Xavier und seine Brünette begleiteten uns. Ich überließ mich Sophies Wünschen bereitwillig, weil ich in der kühlen Nachtluft plötzlich den Wein spürte. Mir war etwas übel.

Wir gingen dann in ein nahegelegenes Hotel, ohne daß ich mir in meinem Zustand so recht erklären konnte, warum wir nicht in eine Bar oder nach Hause gingen. Auf einem mit schäbigem grünem Velours ausgelegten Hotelflur im siebten Stock trennte sich Xavier von mir. Er hatte an der Rezeption unsere Ausweise hinterlegen müssen, weil wir keine Kreditkarte hatten. Sophie und ich traten in das Zimmer und setzten uns eine Weile stumm auf das weiß bezogene Doppelbett. Die Situation kam mir plötzlich grotesk vor. Ich konnte nichts tun, mir nicht vorstellen, etwas mit Sophie zu tun, was sie offensichtlich von mir erwartete. Sophie glaubte zunächst an einen Scherz, dann überschüttete sie mich mit einem spanischen Wortschwall, der in jede kubanische Hafenkneipe gepaßt hätte. Da ich keine Reaktion zeigte, stand sie auf und drehte fluchend Runden im Zimmer und rauchte eine Zigarette nach der anderen. Nach einer Weile beruhigte sie sich, ging um das Bett herum, setzte sich neben mich und begann mich auszukleiden. Mit einem Schlag war ich nüchtern. Sie forderte mich auf, mit ihr unter die Dusche zu gehen, seifte mich mit weichen, massierenden Händen von oben bis unten ein, sang mit etwas schönerer Stimme, als sie vorher geflucht hatte, einen kubanischen Schlager, dessen Jargon mir unverständlich war und zog mich ins Bett."

„Wie ein Baby, ist doch süß." meinte Gregor, gespannt auf die Fortsetzung.

Aber Manuel sagte nur, „An die Einzelheiten kann ich mich heute nicht mehr erinnern, aber, ein paar Monate später ist sie noch einmal auf diese Nacht zurückgekommen und hat mir ein Kompliment gemacht. Nicht was du denkst, Gregor, nicht wegen des sexuellen- da spielte sich bei mir nicht mehr viel ab, denke ich, sondern weil sie sich in meinen Körper vernarrt hatte. Später habe ich auch herausgefunden, warum. Sie betrachtete mich als

Entspannung von den schlaffen Ärschen ihrer Kundschaft." Dafür genügte ihr ein einziges Mal mit mir.

„Sie war eine Professionelle ?", fragte Gregor überrascht, "Wie hast du das herausgefunden ?"

Ja, so könnte man das nennen, wenn auch eine sehr liebevolle. Am nächsten Morgen, als sie schon lange fort war, wachte ich in dem weichen Hotelbett auf und fand einen Zettel auf ihrem Kopfkissen. Eintausend zweihundert Francs bis 11.30 Uhr an eine Pariser Adresse, die sie ebenfalls dort notiert hatte. Es war nicht ihre Anschrift.

Ich verließ das Hotel, stand auf der Straße und wußte gar nicht genau, wo ich eigentlich war. Gegen das flaue Gefühl in meinem Magen kaufte ich mir eine Croissant an einer Bude, wanderte durch die frühen Straßen, über Märkte und durch Parks in dem weißlichen Licht eines bedeckten Tages in Paris, das es sonst nirgends gab. In diesem Licht sah man alles schärfer, ungeschminkt. Alte Weiber, die herumschlurften mit gehäkelten Umhängen, besoffene übernächtigte Studenten wie ich, scharf rasierte Notabeln in grauen Anzügen, brutale Typen vom Wochenmarkt und sonst noch einiges. Solche Tage vergaß man nicht. Natürlich hatte ich mir die ganze Zeit den Kopf zerbrochen, ob ich noch einmal hingehen oder sie ganz einfach vergessen sollte. Ich machte mir Sorgen wegen einer Szene, weil sie doch über Julie meine Adresse herausbekommen hätte, wenn sie es gewollt hätte.

Sophie und ich hatten davon gesprochen, daß wir am Trocadero spazieren gehen wollten, ich nahm mir also vor, wenn ich das Geld ablieferte, was mir übrigens nichts ausmachte, sie darum zu bitten, heute mit mir hinzugehen.

Ich lief durch die Stadt, bis es halb zwölf war und suchte das Klingelbrett des angegebenen Hauses ab. Ein älterer Kubaner schnauzte mich an der Wohnungstür an, ob ich das Geld hätte, riß es mir aus der Hand und sagte, sie käme um fünf zum Trocadero. Dann knallte er die Tür zu."

Gregor verkniff sich eine Bemerkung und wartete geduldig, bis Manuel seine Geschichte wieder aufnahm. Er hätte noch am Morgen nicht für möglich gehalten, daß es eine solche Begegnung wie die mit Manuel geben könnte. Er entsann sich nicht, so intensiv auf einen anderen Menschen eingegangen zu sein. Trotz seiner ungewohnten Offenheit fühlte er sich nicht verwundbar. Er blickte über die Menschen, die sich in Feststimmung befanden. Dieser alte Winzerhof vermittelte ihm ein Gefühl des Wohlbehagens, das er nun möglichst auskosten wollte, so lange wie möglich. Manuels Worte, die er zwischendurch nicht wahrgenommen hatte, drängten sich wieder in der Vordergrund seiner Aufmerksamkeit.

„... müde, unrasiert und ungewaschen in meiner hellen fleckigen Jacke am Trocadero an. Um sechs Uhr erschien sie in einem minzfarbenen Kostüm, perfekt übertrieben geschminkt, als ob sie trotz der feuchten Wärme soeben einem Kühlschrank entstiegen war. Sie trug einen Haufen teuren Goldschmuck und glich in nichts der braunen

Hure, die mir im Hotelzimmer im siebten Stock die Unschuld geraubt hatte. Ich war ziemlich kleinlaut und sprachlos. Sie machte mir Vorhaltungen über meinen Zustand. Ihre Familie stand im Sonntagsstaat hinter und neben ihr und feixte in breitem Kubanisch über meine Erscheinung. Sie beschied mich, am Abend in einem Varieté, dessen Name mir nichts sagte, in ordentlichem Aufzug zu erscheinen, um ihre neueste Choreographie zu bewundern. Geht es dir gut, Manuel, fragte sie gespielt besorgt und wandte sich zusammen mit der ganzen Gesellschaft ab und man paradierte den Fontänen entlang dem Weltausstellungsgelände zu."

Manuel seufzte, als er diesen Teil der Geschichte hinter sich hatte.

„Laß uns ein bißchen weitergehen, ich brauche Bewegung." Sie traten in eine schmale Gasse, die nicht sehr belebt war, und gingen darin an der Innenseite der Stadtmauer entlang.

„Ich habe sie häufig in ihrer Garderobe aufgesucht, ihr beim an- und auskleiden zugesehen, mit ihr über ihr Leben gesprochen, manchmal durfte ich ihre Brüste, fest wie Mahagoni und braun wie Schokolade, streicheln, wenn sie sich frisierte. Sie hat mich höchst launisch behandelt. Mal als ihren kleinen Vertrauten, mal als dummen Jungen, dann hielt sie mich einige Wochen auf Abstand. Gelegentlich bekam ich noch einen Kuß. Weiter an sich heran ließ sie mich nie mehr. Ich war vollkommen abhängig von ihr. Oft telefonierte ich hinter ihr her, gelegentlich durfte ich sie tagsüber in ein Café einladen. Ich war kein Herr mehr, kein zahlender Kunde, sondern nur noch ihr Schoßhündchen, das man von sich stößt, wann es einem beliebt. Immer wenn ich mit ihr gesprochen hatte, war ich anschließend hoch motiviert bei den Vorlesungen oder in Seminaren, sonst beklagte ich nur mein Schicksal, saß deprimiert zu Hause herum.

Daß ich besonders unter ihrer Behandlung litt, kann ich nicht sagen. Sie wußte nichts von meinem eigentlichen Leben. Ich brauchte sie wie die Luft zum Atmen. Ein Leben ohne ihre Nähe konnte ich mir gar nicht mehr vorstellen. So ging das schon über ein Jahr.

Ich glaube, ich komme erst von ihr los, wenn ich noch einmal eine Nacht mit ihr verbrächte."

Manuel schüttelte den Kopf und sah zweifelnd auf. Er blickte in Gregors Richtung, um festzustellen, wie dessen Reaktion ausfiel. Aber Gregor ging, wieder in Gedanken versunken, neben Manuel her.

„Ich habe mir schon lange den Kopf zerbrochen, wie ich meine beiden Leben unter einen Hut bringen soll, aber natürlich gibt es keinen. Weil meine Rückkehr zum Kloster immer näher rückte, suchte ich nach Auswegen. Xavier, der als einziger von meinem Leiden wußte, riet mir, mich dem Prior anzuvertrauen. Aber davor schreckte ich am meisten zurück. Xavier hatte natürlich recht, wenn er mir immer wieder sagte, mit einer solchen Geschichte im Kopf könne ich niemals ins Kloster zurückgehen."

„Du mußt dich also spätestens morgen entscheiden, was du tust?" stellte Gregor fest. Und ein paar Meter weiter, als die Hauptstraße wieder deutlich in der Nähe zu hören war, sagte er: „Na, dann müssen wir uns heute Nacht mal was einfallen lassen, nicht wahr."

Wenn das aufmunternd gemeint gewesen war, so hatte es jedenfalls nicht die gewünschte Wirkung.

4.

„Treten Sie ein, meine Herren", sprach sie ein grauhaariger Mann zum Empfang an, nachdem er sich vor dem einfach gekleideten, etwa vierzig Jahre alten Herrn, der vor ihnen das Tor passiert hatte, und seiner jungen Begleiterin fast bis auf den Boden verbeugt hatte.

„In den großen Saal im ersten Stock, bitte." fuhr er, an Gregor gewandt, fort.

Der Lärm des Weinfestes machte seine Worte beinahe unverständlich. Ohne besondere Anstalten zu machen wegen der unerwarteten Einladung, folgten sie ihr und gelangten über einen gepflasterten Hof an ein stattliches Gebäude, welches vielfach mit verzierten Gewänden und Säulen aus Sandstein geschmückt war, wie es für diesen Landstrich typisch war.

Im Inneren war das Haus jedoch um vieles prächtiger ausgestattet, als sein Äußeres es hatte erwarten lassen. Die schlichte klassizistische Fenstergliederung fand ihren Widerpart im feinsten Rokoko des Interieurs, welches von echter Liebhaberei zeugte. Ein Meister der Gestaltung mußte hier am Werk gewesen sein. Manuel und Gregor fanden sich, nachdem sie die Eingangshalle durchquert und die breite Treppe zum ersten Stock erstiegen hatten, in einem einzigartig prunkvollen Audienzsaal, wie er sich ihren Augen noch selten zuvor dargeboten hatte.

Ein langgestreckter Raum, in dem eine bald zehn Meter messende Tafel aufgestellt war, gedeckt mit rötlichweißem chinesischem Porzellan auf silbernen Platztellern, kristallenen Gläsern unter kristallenen Lüstern, Weine der unterschiedlichsten Provenienzen prunkten in geschliffenen Karaffen, teils venezianischer, teils französischer Provenienz, silberne Bestecke und Fingerschalen, fünfflammige silberne Leuchter in der Form von Nixen und Nymphen, die ihre Arme den leuchtenden und duftenden Blumenbouquets entgegenstreckten. In ziselierten silbernen Vasen standen üppige weiße und orangerote Lilien, die die Tischleuchter noch überragten. Ein silberner, verspiegelter Tafelaufsatz, von einem mit Halbedelsteinen eingelegten, aus vergoldetem Silber getriebenen Fasan gekrönt, schloß die elfenbeinintarsierte Tafel ab, die unter dem Gewicht der Geräte stöhnte und ächzte. Ein einfacher, versilberter Henkeltopf , der sich unter jedem der Armlehnsessel befand, stand denen zu Diensten, die sich an Speisen und Getränken übernehmen würden. Einen Hauch von Potosí verbreitete die Tafel, wie sich einer der Gäste mit lächelnder Bewunderung vernehmen ließ.

Der Otternheimer Geisterberg Riesling, dem sie schon auf dem Marktplatz zugesprochen hatten, fand seinen Weg auch hier in die Gläser und Manuel vermochte sein Erstaunen über dieses Haus noch nicht in Worte zu fassen. Der Wein war ein freundliches, nicht zu trockenes Gewächs, das nun ein ums andere Mal die Zungen umspülte, die Lippen liebkoste und den Gedanken friedliches Wohlbefinden verlieh.

Zarte Pastelltöne, verspielte Ornamentik berauschten Manuel, der Ästhetik in den Schriften der Kirchenlehrer suchte, nicht in der Gestaltung, der Kunst, der Architektur, geschweige in seiner Pariser Studierstube.

Neben sich bemerkte Gregor nun, indem er sein Gespräch mit Manuel einen Augenblick unterbrach, den altmodisch gekleideten Herrn, der, in Begleitung einer jungen Dame, mehrfach eine silberne Deckeluhr zückte und sich umsah. Dieser hatte, besann sich Gregor, vor ihnen das Haus betreten. Aus der Küche traten nun mehrere befrackte Diener ein, die das Festmahl mit einer Lachspastete eröffneten. Man griff nach den leinenen Servietten, in deren Mitte ein palmenbekränztes Monogramm aus drei Buchstaben eingestickt war. Mittlerweile war die Tischgesellschaft, an deren Runde Manuel und Gregor wie selbstverständlich teilhatten, vollständig. Ein alter Herr im schwarzen Überrock, der als Zeichen seiner Würde und seines Vorsitzes eine goldene Kette mit einer Medaille trug, eröffnete vom Kopf des Tisches aus die Versammlung.

„Die Brüder und Schwestern der Akademie sind zusammengekommen, wie dies jedes Jahr einmal zum Jahrestag der Gründung am 1. September zu geschehen pflegt," begann er unter starkem Schnaufen. „Seid also willkommen, aber beachtet die Regeln. Die Akademie ist geheim, sie obliegt der Erforschung der Kultur, jeder wahre sein Inkognito, besonders auch unsere Gäste, unterlasse das abschweifende Reden und versuche, nur durch die Werke seines Geistes zu wirken."

So streng begann Grehweiler, als solcher der Gesellschaft bekannt, die geisterhafte Versammlung der "Geheimen kulturforschenden Gesellschaft vom 1. September", der er als Hausherr präsidierte. Da hatten sich rechts und links von Manuel noch andere Herrschaften niedergelassen, die seiner Zwiesprache mit dem Otternheimer nacheiferten. Er fand links neben sich die junge Dame, die den Herrn mit der Deckeluhr begleitete, diesen aber nicht weiter beachtete sondern Manuel wohlwollend betrachtete. Die pompöse Deckeluhr mit einer Miniatur Maria Theresias war im Besitz eines hochmütig blickenden Mannes, den man ehrfürchtig als "Falkensteiner" ansprach. In diesem Kreis schien ihm besondere Bedeutung zuzukommen, denn außer ihm war niemand in weiblicher Begleitung erschienen. Fünfundzwanzig Jahre mochten ihn von der jungen Dame trennen.

Links neben Gregor bemerkte Manuel einen nicht mehr ganz jugendlichen Menschen, der in preußischer Uniform nicht eigentlich in die Versammlung, aber gar nicht in diese Räume paßte.

Dieser hatte bisher an Gregor vorbei mit einem Herrn, der sich als Sir William bekannt gemacht hatte, lautstark über die Vorzüge der Lachspasteten des Hochlands diskutiert, so daß man leicht erriet, daß dergleichen nicht oft auf seinem Speisezettel auftauchte. Er wandte sich auch bald von der kauzigen Einsilbigkeit Sir Williams ab und nahm Manuel ins Visier.

„Guten Abend, mein Freund," sprach er ihn an. "Ihr seid wohl, wenn ihr mir erlaubt, daß zu sagen, ein später Verfechter des Aquinaten, wenn ich mich nicht irre ?" um sogleich fortzufahren:

„Daß ihr im Gefolge des Grafen von Falkenstein reist, wie mir scheint, macht die katholische Partei heute stärker, als die Zeiten es erwarten ließen. Revolutionäre Zeiten, meine Herren. Übrigens, um meine Vorstellung nachzuholen, mein Name ist Magister L." Der Name ging im Klingen der Gläser, die zu einem ersten Toast erhoben worden waren, unter.

„Greift ruhig zu, auch wenn die Akademie ihre Sitzung beginnt. Zuerst kommt wie immer eine erbauliche Geschichte, müßt ihr wissen."

„Wir sind keineswegs im Gefolge irgendeines Grafen..." begann Manuel zu protestieren, aber der Magister kümmerte sich nicht weiter darum, sondern begann, sie in die Gepflogenheiten dieses Ereignisses mit leiser, verschwörerischer Stimme einzuweisen.

„Wer ist denn der Herr mit der goldenen Kette, der offenkundig die Versammlung leitet?" fragte Manuel.

„Ich will euch die Versammlung gerne vorstellen. Der Akademie gehören eine Reihe bedeutender Herren an, deren berühmtester der Graf von Falkenstein ist. Wie ihr natürlich wißt, ist er ein bedeutender Staatsmann und Monarch. Er ist nur selten in seinen alten Ländern unterwegs. Morgen reist er schon wieder ab, es ist Krieg mit dem Türken. Der Präsident jedoch ist unser Mainzer Freund

„Otaheite", ein tahitischer Name, der mit euch, Gregor, immerhin das botanisieren gemein haben dürfte. Von seinen Seereisen an der Seite von Herrn Cook muß ich euch hoffentlich ebensowenig berichten wie von seinen revolutionären Ideen."

Der Magister wies bei dieser Rede auf einen stattlichen, braun gebrannten Mann in blauem englischem Tuch, dessen Akzent von seiner langen Abwesenheit von Deutschland Zeugnis ablegte. Dieser, der der Gesellschaft als "Otaheite" angehörte, nahm dem Grehweiler gegenüber, an der anderen Schmalseite des Tisches, sozusagen als Contrapräside, Platz. Bei seinem Anblick hatte der Falkensteiner die Augen zusammengekniffen, die Verwünschungen über `vermaledeite Jakobiner´ aber so leise zwischen den Zähnen herausgepreßt, daß es nicht als Verstoß gegen die politische Abstinenz, die man sich verordnet hatte, gerügt werden konnte. Das hätte allerdings auch keiner gewagt, am wenigsten der Grehweiler, der den langem Arm des Falkensteiners schon schmerzhaft gespürt hatte.

Mit etwas ruhigerer Stimme fuhr der Magister fort und wies verstohlen auf die junge Dame neben Manuel, die im festlichen, blauseidenen Kleid einen Scherz des Mainzers mit kokettem Lachen beantwortete.

„Das ist Madame S., sie soll, wie man hört, in Paris einen Salon geben, in dem die schönsten Blüten unseres aufgeklärten Zeitalters gepflegt, wenn nicht gar erschaffen werden." Bevor der Magister sich weiter in seine Begeisterung über die anmutige Schönheit hineinsteigern konnte, läutete

Grehweiler mit einer kleinen silbernen Tischglocke und kündigte einen kurzen Vortrag zur Erbauung der Gesellschaft an, bevor das Festmahl seinen Anfang nahm. Er hatte, weil lutherischen Bekenntnisses, ein Traktat über den schwedischen König Gustav Adolf ausgewählt, was den Falkensteiner immer besonders ärgerte.

Mit feierlicher Stimme las er die Zeilen aus einem kleinen Büchlein, daß er direkt unter seine Nase hielt, vor. Es war J. F. Feddersens „Nachrichten von dem Leben und Ende gutgesinnter Menschen", welches bei J. Gebauer in Halle im vorigen Jahr verlegt worden war.

„Kurz vor der Schlacht bey Lützen, darinn der christliche Held Gustav Adolph das Leben verlor, hielt er mit der ganzen Armee seine Morgenandacht. Es wurden dabey mit lauter Stimme die Lieder gesungen:

„Eine veste Burg ist unser Gott", und „Verzage nicht du Häuflein klein, obschon die Feinde willens seyn, dich gänzlich zu zerstören."

Dieses letzte Lied hatte der König selbst verfertigt. Er warf sich auf seine Knie, betete mit heißer Andacht. Darauf stieg er zu Pferde, ritt durch die Glieder und munterte die Officiers und Soldaten auf, ihre Schuldigkeit zu thun.

Seinen Schweden rief er zu: Ihr redlichen Brüder haltet euch wohl, fechtet für Gottes Wort und für euren König; seyd versichert, daß ihr dafür von Gott zeitlichen und ewigen Segen, von der Welt Ruhm und Ehre und von mir Belohnung eurer Tapferkeit erhalten werdet. Nun wollen wir dran, das walt der liebe Gott.

Zum Losungswort dieses Tages gab er aus: Gott mit uns!"

Die ganze Runde raunte ebenfalls erleichtert ob der Kürze der Einleitung „Gott mit uns", meinte dabei doch jeder etwas anderes, und es erschien ein Wachtelsüppchen, begleitet von einem leichten Rheingauer, dem feste zugesprochen wurde. Er regte die Gesellschaft an, sich ihrer Statuten zu entsinnen, indem sie der Erforschung der Kultur eine weitere Sternstunde hinzufügte.

Man beriet sich kurz, wem die Ehre gebühre, in der heutigen Sitzung zuerst zu sprechen, gab sich, teils zähneknirschend, teils wohlwollend mit dem auffordernden Blick des Falkensteiners an seine geheimnisvolle Begleiterin zufrieden. Madame holte ohne Umstände ein zierliches Bändchen aus ihrer Tasche und begann mit wenigen treffenden Worten ihr jüngstes literarisches Kind zu beschreiben. In den literarischen Salons der Hauptstädte hatte dieses Buch erst unlängst mit unkonventioneller Gedankenschärfe beeindruckt. Sie begann ihren Vortrag mit einer Szene, die ihr besonders gelungen schien:

„Nur bei den Deutschen mußte eine durch Ideen bewirkte Revolution stattfinden; denn der hervorspringende Zug dieser kontemplativen Nation ist die Stärke der innern Überzeugung. Wenn eine Meinung sich einmal der deutschen Köpfe bemächtigt hat, so machen ihre Geduld und Beharrlichkeit der Willenskraft im Menschen ungemeine Ehre...."

Madame S. fuhr in ihrem Vortrag während des ganzen Zwischengerichts, Pastete vom Fasan, fort und entfaltete vor den Mitgliedern der Gesellschaft einige Erkenntnisse über die Deutschen im allgemeinen und ihre Religion im besonderen, die sie deutlicher Kritik ausgesetzt hätte, wäre ihr Salon nicht der letzte Schrei des literarischen Paris gewesen.

Es entspann sich eine lebhafte Debatte über ihre Ansichten. Otaheite machte ihr Komplimente für die geniale Darstellung des deutschen Stumpfsinns, an dem er selber besonders litt. Madame war für Kritik recht unempfänglich und eigensinnig, und, wie selbst ihre Weimarer Freunde fanden, in ihrem Urteil über die Deutschen allzu überheblich.

Mit stummer Bewunderung hing die junge Sophie, ihre Übersetzerin, an ihren Lippen, die den französischen Vortrag von allen Anwesenden am besten verstand. Schiller selbst hatte sie gebeten, die Texte von Madame ins Deutsche zu übertragen, nun endlich lernte sie sie hier in Gegenwart so vieler illustrer Zeitgenossen kennen und trank jedes ihrer Worte wie die Herren den Muskateller.

Das Hauptgericht verzögerte sich eine Weile und in die allgemeine Konversation, die zwischen den jeweiligen Tischnachbarn entstand, fiel Manuels Frage, ob nicht Sophie auch eine Kostprobe ihres Talentes geben wolle. Dafür hatte Manuel seinen ganzen Mut zusammengenommen, denn er war sich wohl bewußt, daß ihm als Gast der Runde ein solcher Vorschlag nicht anstand. Aber man nahm seine Frage geradezu begierig auf und ermunterte Sophie, in die Bresche zu springen. Madame S. flüsterte ihr etwas zu, was Sophie erröten lies. Dann löste sie eine Schleife von der mit blauem Samt bezogenen Mappe und nahm mehrere Bögen Papier heraus, blätterte sie durch und entschied sich schließlich für ein mit der Feder beschriebenes Blatt, von dem sie mit leiser Stimme ihre Verse vortrug.

> *„Was nur allein des Zufalls Laune trotzet,*
> *die schöne Blüthe reiner Menschlichkeit,*
> *das uns allein zu freyen Wesen gründet,*
> *woran allein sich unsre Würde bindet,*
> *dies höchste Gut, es heißt - Selbständigkeit."*

Diese zarten Worte, aber auch Schwärmerey und Feuerfarb, ihr nächstes Gedicht, tropften wie süßes Gift in Manuels Herz. Er konnte seine Augen nicht mehr von Sophie lassen, wartete auf eine Gelegenheit, mit ihr allein zu sein.

Der gefüllte Kalbskopf, der nun aufgetragen wurde, war eine weitere Bosheit des Grehweilers, die, aus seinem derben Charakter geboren, gegen alle feineren Empfindungen der französisch denkenden Gesellschaft ging. Immerhin hatte er diesmal den heimischen Saumagen erspart, wofür ihn Madame S. mit feiner Ironie tadelte. Die botanischen Interessen der Mitglieder hätten es geboten, ihnen die noch nicht lange heimische Kartoffel aufzubieten. Sie schalt deshalb Grehweiler wegen seiner "bekannten" Knauserigkeit.

Vom Studiosus Alexander gedrängt, meldete nun Otaheite seinen Beitrag an. Ganz Europa war von den Eindrücken dieses Forschungsreisenden beindruckt. Neben dem Sitz in der hiesigen geheimen kulturforschenden Akademie war er ordentliches Mitglied der Gesellschaft der naturforschenden Freunde in Berlin, der königlichen Akademie der Arzneigelehrsamkeit in Madrid und der Royal Society in London. Bereitwillig erteilte Grehweiler, um der Kurzweil willen, aber auch, um die französischen Pikanterien zu verwischen, die Erlaubnis.

Otaheite bemühte sich um eine unterhaltende Darstellung, obwohl ihm der forschende Charakter seiner Reisen so viel wichtiger war. Aber er hatte schon in seiner Zeit in London bemerkt, daß der unterhaltende Teil seiner Südseeabenteuer vom Publikum generell besser aufgenommen wurde als der wissenschaftliche, der höchstens einige exzentrische Lords berührte. Er trug deshalb zunächst mit forscher Stimme eine bewährte Passage aus seinem Buch „Reise um die Welt" vor.

"So war der Haarputz dieser Dame als etwas Außerordentliches anzusehen und mochte vielleicht ein besonderes Vorrecht der königlichen Familie sein. Ihr hoher Rang befreite sie jedoch nicht von der allgemeinen Etikette die Schultern in Gegenwart des Königs zu entblößen., ein Brauch, der dem Frauenzimmer auf unzählige Art Gelegenheit gab, ihre zierliche Bildung ungemein vorteilhaft sichtbar zu machen. Ihr ganzes Gewand besteht aus einem langen Stück von weißem Zeuge, so dünn als Mußlin, das auf hundert verschiedene ungekünstelte Weise um den Cörper ge-

schlagen wird, je nachdem es der Bequemlichkeit, dem Talente und dem guten Geschmack einer jeden Schönen am zuträglichsten erscheint."

Bei dieser Passage hatten die Herren, wie erwartet, aufmerksamer als sonst zugehört, ging es doch im übrigen um die botanischen und geographischen Entdeckungen, die die Expedition Cooks erbracht hatten. Das Halbgefrorene sorgte dafür, daß die allgemeine Konversation wieder aufgenommen wurde. Gregor hatte in Sir William und Otaheite Gesprächspartner in botanischen Fragen gefunden, Manuel diskutierte über den Tisch hinweg mit der bezaubernden Sophie die vita activa gegen die vita contemplativa in der festen Absicht, sie endlich diesem Kreis zum Zwecke intimerer Konversation zu entführen.

Mit einem Schaumwein vom Wormser Liebfrauenstift aus Erthals Beständen und einem Mocca ging das Festessen zu Ende.

Erthal und Grehweiler verständigten sich indessen, die Bibliothek auf eine Partie Karten zu besuchen und rangen sich dazu durch, den Falkensteiner und Madame S. dazu einzuladen. Die anderen Mitglieder und Gäste der Akademie folgten jedoch lieber der Einladung des Magisters, das Musikzimmer aufzusuchen. Am frühen Morgen würde man der Abteikirche einen Besuch abstatten, um die Nacht mit erhabeneren Eindrücken ausklingen zu lassen. Eine besondere Entdeckung wollte er ihnen dort machen, wenn sie die Ausdauer hätten, bis zum Morgengrauen darauf zu warten, wenn die zahllosen Menschen auf dem Weinfest sich verlaufen hätten.

*

„Hör mal," schnaufte Antoine, als er sich im Restaurant zu mir an den Tisch setzte, an dem ich mit einer halbverspeisten Dorade und dem leicht salzigen Inselwein saß.

„Ich habe nachgedacht." Sein Kopf war gerötet, was in Verbindung mit seinem himmelblauen Poloshirt, von denen er übrigens eine ganze Kiste voll besitzen mußte, nicht gut aussah.

„Willst du Manuel sehen ?"

Erstaunt legte ich Messer und Gabel hin und nahm die Serviette vor den Mund. Als ich einen Schluck Wein trank, um antworten zu können, fiel mir auf, daß ich mir diese Frage selbst noch nicht beantwortet hatte.

„Ich bin mir noch nicht sicher, daß es derselbe ist, von dem du erzählt hast, aber er könnte es sein, „schloß Antoine mit stolzem Blick, der etwas pfadfinderhaftes an sich hatte. Ich war nicht besonders angetan von der Idee. Ihn jetzt zu sehen, würde mir mein Publikum auf einen Schlag nehmen. Ich gestand mir ein, daß der ursprüngliche Zweck meiner Reise hinter die abendlichen Begegnungen mit meinen Zuhörern weit in den Hintergrund getreten waren. Immerhin versprach ich Antoine zögernd, ihn morgen in aller Frühe zur Markthalle zu begleiten, wo er mir seinen Manuel zu zeigen versprach.

„Ein zwielichtiger Bursche, sage ich dir. Alle nennen ihn nur `Erzengel´." Antoine stand von meinem Tisch auf und sagte mit ernstem Gesicht: "Wir sind dann bereit," um anzudeuten, daß man in der Bar bereits auf die Fortsetzung meiner Geschichte wartete.

„Warum Erzengel?", fragte ich hinter Antoine her. Er drehte sich in der Tür zur Bar um.

„Weil alle Glauben, er sei ein Engel, und doch tut er nur so, als sei er ein richtig netter Kerl. Dabei ist er daß genaue Gegenteil."

Ich stand auf und folgte Antoine in die Bar, um einen besonders wunderlichen Teil meiner Erlebnisse mit Manuel zu schildern.

5.

Am frühesten Morgen machte sich die restliche Gesellschaft, bestehend aus dem Magister, Gregor, Sir William, und Madame S. auf den Weg zur Klosterkirche. Ein ferner Schimmer des Tages drang bereits in den feuchten Dunst ein, der den Platz vor der Abtei beherrschte und erzeugte ein schwaches Glimmen der Luft, das wie eine Vorahnung von Wärme und Licht ihre Sinne elektrisierte. Vor und über ihnen ragte die gewaltige Fassade der alten Basilika auf, türmte sich in dieser abgelegenen Gegend ein Bauwerk, das in weitem Umkreis nicht seinesgleichen hatte. Fledermäuse huschten pfeilschnell neben und zwischen ihnen hindurch.

Eine sieben Meter durchmessende Fensterrose beherrschte die Fassade des Mittelschiffs, in den kunstvoll geteilten Scheiben die wenigen Lichter des Ortes reflektierend. Darüber als Krönung ein Giebel, dessen Rundbogenfries ein gotisches Maßwerkfenster einfaßte. Zu ebener Erde ein bronzenes Portal, umrahmt von je vier Gewändesäulen, die durch Ringe gebündelt wurden. Ohne einen Blick auf das Tympanon zu werfen, durchschritten sie rasch das Portal, um die Kälte und das böige Geklimper und Geraschel des Platzes hinter sich zu lassen. Langsam gewöhnten sich ihre Augen an den fast unmerklichen warmen Schein weniger Kerzen, der das Langhaus in seiner konzentriertesten Form andeutete.

Unter dem Kreuzgewölbe beeindruckten sie die mächtigen Hauptpfeiler, die in unerwartet schlanken, filigranen Halbsäulen an die Kreuzrippen anschlossen und sie stützen. Der Baumeister mochte also die Bauregel, nach der das Langhaus eine flache Decke haben müsse, vielleicht unter dem Einfluß der frühen Gotik, nicht beherzigen. Angesichts des wohlproportionierten Raumes, dreimal die Breite des Langhauses entsprach dabei der Länge der Kirche, eine inspirierte Entscheidung.

Der Magister und seine Begleiter wandten sich dem nördlichen Seitenschiff zu und blieben staunend vor einem prächtigen Grabmal in dieser ansonsten schmucklosen Klosterkirche stehen.

Es war in jahrelanger Arbeit von einem rheinländischen Meister aus makellosem Tuffstein gehauen worden. Noch in den letzten Jahren des französischen Jahrhunderts aber fand es aus Gründen der Tradition seine Form im schon lange unzeitgemäßen, aber doch beliebten Stil der Renaissance. So wurde es, beladen mit Wappen, Sprüchen, Allegorien und Schriftplatten, an dieser Stelle errichtet, ein Denkmal überständiger Feudalität.

In der Mitte, lebensgroß in diesem beinahe sieben Meter hohen Monument, knieten der Rheingraf Carl Magnus und seine Frau Jeanette, geborene von Püttlingen, unter dem gekreuzigten Christus, die Hände zum Gebet erhoben, der Graf jedoch in voller Rüstung und mit Waffen versehen. Kunstvoll gemeißelte Panzerhemden und Harnische, heraldische Federbüsche und endlos geteilte Wappenschilde mit schweren Ordensketten, Faltenröcke und Halsrosetten ließen die Betrachter kaum glauben, wie es um das Leben des Rheingrafen wirklich bestellt gewesen war.

Der Magister wies sie auf zwei schwarzpolierte Schrifttafeln hin und führte ihre Phantasie von diesem magischen Ort weg zu einem französischen Heerlager.

Mit leiser, beschwörender Stimme begann der Magister seine Schilderung des Lebens des Rheingrafen, der Gregor anmerkte, daß der Rheingraf damit nicht gerade einen freundlichen Biographen gefunden hatte. Zu unterschiedlich war allerdings die Denkweise dieser Zeitgenossen, als daß nicht schärfste Kritik die einseitige Betrachtung des Magisters hätte färben müssen. Nicht der Dämmerschlaf des bald endgültig zu Tode kommenden Deutschen Reiches, dessen Fürsten Carl Magnus einer war, sondern die Flamme der Freiheit und Aufklärung des frankreicherfahrenen Magisters waren die Meßlatte seiner Betrachtungen.

Wie der Magister der nun ein wenig fröstelnden, und daher näher zusammen rückenden Gesellschaft erzählte, hatte der Vater dem jungen Rheingrafen mit vielleicht sechzehn Jahren sein erstes militärisches Kommando verschafft, indem er ihm ein Offizierspatent im Regiment Royal Allemand des Sonnenkönigs Louis XIV. kaufte. Die Feldzüge des zahnfaulenden Herrschers richteten sich allerdings auf seine pfälzischen Ansprüche und wären geeignet gewesen, unseren Rheingrafen um sein eigenes Fetzchen Land zu bringen. Doch dies zu überlegen, hätte die Fähigkeiten des jungen Offiziers überschätzen geheißen. Sein Leben und das seines Bruders ging auf in den Sorgen um einen standesgemäßen Putz, um das sogenannte kavaliersmäßige Betragen, das hieß Rempeleien mit anderen Offizieren und der Jagd nach dem galanten Abenteuer.

Der französische Hof war nach politischer Bedeutung wie imperialer Prachtentfaltung das unumstrittene Vorbild der ganzen abendländischen Welt. Carl Magnus faßte also den unwiderruflichen Entschluß, es dem Sonnenkönig nach Möglichkeit gleichzutun und die Rheingrafschaft, die ihm beim Tode seines Vaters zufallen sollte, zu ebensolcher Größe zu führen. Diese Gedanken verschloß er, um niemanden zu schockieren, fest in seiner Brust.

Er stand im zweiundzwanzigsten Jahr, als der alte Graf starb. In Grehweiler begann er bald, seine Vorstellungen von einer standesgemäßen Hofhaltung umzusetzen. Zunächst fehlte es an einem Schloß nach dem neuesten Geschmack. Eine dreiflügelige Anlage nach den Plänen eines eher unbedeutenden französischen Architekten wurde einem halbfertig stehengelassenen Schloßbau seines Vater aufgepfropft und verschlang immense Summen. Das Schloß war dreistöckig ausgeführt mit Mansarddächern, besaß einen mittleren Hauptteil mit Tympanon. Der Schloßhof war an der offenen Seite mit hohen Eisengittern abgetrennt. Nebengebäude und eine kleine Kaserne gehörten ebenso wie ein großer Garten dazu.

Der Graf hielt ein Dutzend Soldaten unter Waffen, uniformiert in blauem Tuch nach preußischem Schnitt, mit weißer Weste, Hosen und Gamaschen, darüber schwarzer Dreispitz mit Kokarde und Federbusch. Der große Garten hingegen war der Hofgesellschaft vorbehalten, der Familie des Grafen, den Hauslehrern, Geheim- und Kammerräten, Schultheißen und Oberschultheißen; dem Hofjuden blieb er verschlossen.

Die Gartenanlage war, wie nicht anders zu erwarten, im französischen Stil angelegt. Sie genoß als ein wichtiger Teil fürstlicher Repräsentation die Aufmerksamkeit und Zuwendung des Grafen. Er ließ einen außergewöhnlich strengen formalen Garten im Stil Le Notres errichten, der seiner Vorliebe für alles großartige und majestätische entsprach.

Am Rande eines Waldrestes sollte so eine Anlage entstehen, die vollständig an die Vorbilder angelehnt war, die der Graf in französischen Diensten selbst in Augenschein genommen hatte. Durch die Vermittlung eines entfernten Verwandten am pfalzgräflichen Hof in Heidelberg knüpfte er Kontakte zu einem Gartenbaumeister, der ihm erzählte ein Schüler des großen Andre Le Notre zu sein. Mit ihm beriet er, nachdem er ihn zum rheingräflichen Hof- und Gartenbaumeister ernannt hatte, tagelang in einem kleinen Häuschen, das er fürs erste auf die Wiese, die ein Garten werden sollte, hatte stellen lassen.

Von der Terasse auf der Rückseite des Hauptflügels seines Schlosses in Grehweiler stieg das Gelände leicht an und mündete nach gut hundert Metern in eine Waldung. Dort gab es eine

Quelle, die aus einem steil vorspringenden Felsen sprudelte. Von der großen Freitreppe sollte nun also ein Kanal auf dieses Wäldchen zulaufen, der in ein rundes Bassin münden würde. Dahinter war eine stattliche Wassertreppe vorgesehen mit seitlichen Nymphäen; das am Fuße der Kaskade liegende Wasserbecken sollte eine Herkulesstatue überragen. Ein etwa drei Meter breiter Kanal, der im Zentrum der Sichtachse lag, wurde an beiden Seiten von einer Allee begleitet, die von Schwarzpappeln gesäumt verlief. Diese Achse wurde von Reitwegen und Pfaden gekreuzt, Rasenparterres begleiteten sie. Diese Parterres waren von niedrigen Buchsbaumhecken umschlossen und mit allerlei Urnen und Figuren geschmückt. Dabei handelte es sich allerdings nicht um die geschmackvollen italienischen Originale, sondern um Kopien, die von einheimischen Töpfern aus Kostengründen nicht ohne Mühe aus Ton nachgeahmt wurden. Vom Halbrund des Beckens liefen weitere Wege strahlenförmig durch das Gartengelände zurück zum Schloß. Den Hecken, die seitlich den Garten gegen die schlammigen Äcker der Bauern abgrenzten, versuchte man einen Formschnitt beizubringen. Die Ungeduld der Erbauer erlaubte aber hierbei keine wirklich überzeugenden Ergebnisse. Die Arabesken erwiesen sich als löcherig. Mit ihrem säulenförmigen Aussehen gaben die Pappeln der ganzen Angelegenheit bald einen kirchenschiffartigen Charakter, der nicht beabsichtigt gewesen war; Besuchern erklärte man, daß dies in Frankreich absolut á la Mode sei.

Nach einigen Jahren war es dem Grafen in den Sinn gekommen, einen chinesischen Pavillon einzurichten. Für dessen Aufbau sandte er Kommissionäre bis in die Niederlande, um seltene Pflanzen und entsprechendes Mobiliar erstehen zu lassen. Ihn interessierte nur der Fortschritt der Arbeiten, die Kosten oder der übliche Unterschleif, den sein Architekt, seine Hofräte, sein Hofjude oder sonstige Chargen begingen, nicht im geringsten. Er war schließlich ein Fürst, wer sollte ihm schon Rechnung stellen.

Aus Amsterdam bezog er illustrierte Listen mit den Pflanzen, die exotisch und bedeutend genug waren, seinen Pavillon zu bestücken. Die Gärtnerei, die zu diesem Zweck zusätzlich errichtet werden mußte, war sogar beheizbar und brachte in den ersten Jahren, als der Geldmangel noch ignoriert werden konnte, schöne Nachzuchten hervor. In den Dörfern der Umgebung lachte man hinter vorgehaltener Hand ausgiebig über die französischen Flausen des Grafen und seines Hofbaumeisters. Das Lachen hörte in dem Moment auf, als die Kosten der Unternehmung aus der Bevölkerung herausgequetscht, die Hand- und Spanndienste für das Ausheben des Kanals, das Verlegen der Wasserleitungen, für die Anlage der Parterres und das Umsetzen von Bäumen eingefordert wurden. Auch wenn der Graf nie Krieg führte, war der Ertrag seiner kleinen Herrschaft seinen Ambitionen zu keiner Zeit gewachsen. Er begann unter zunehmendem Druck auf Berater zu hören, die ihm Wege aus seiner Misere aufzeigten.

Eine Steuererhöhung, mit der man üblicherweise Schwierigkeiten dieser Art zu kurieren versucht, brachte schon bald nicht mehr die gewünschten Summen herein. Selbst die Besteuerung unehelicher Kinder war bei der geringen Einwohnerzahl der Grafschaft keine Lösung der Finanzkrise. Die Einnahmen aus dem Salzhandelsmonopol, den verkauften Strafnachlässen, dem Kreditmonopol der gräflichen Landkasse oder dem Weinmonopol fraß sein sich stetig vergrößernder Hofstaat wieder auf. Carl Magnus begeisterte sich, angefeuert von Abenteurern und Spekulanten, von seinen kümmerlichen Bergen als „zweitem Peru", in dem reiche Silbervorkommen lagerten und auf den Abbau nur warteten. Zur Gewinnung dieser Reichtümer gründete man rasch zwischen Wiesen und Weinbergen ein Rheingräfliches Bergamt, das die Schürfrechte vergab und den Abbau beaufsichtigte. Unter dicken Schichten weichen bräunlichgelben Sandsteins fand sich zwar kein Gramm Silber. Aber der Verkauf der Kuxe für Minen und Bergwerke, die noch gar nicht existierten, florierte um so mehr, als sich dieses peruanische Wunder in Windeseile in der Umgebung herumgesprochen hatte. Kurz vor Ende der Zeichnungsfrist, als die frischgebackenen Bergwerksbesitzer die zu erwartende Silbermenge von einem erfahrenen Ingenieur der kurpfälzischen Bergakademie schätzen lassen wollten, verstaute der Abenteurer die Provisionen in seinem Mantelsack und nahm ein schnelles Pferd zwischen die Beine.

Der letzte Rest von Kreditwürdigkeit war verloren. Verschüttet wie ein eingebrochener Stollen für immer. Das Glück mußte jetzt helfen. Eine Lotterie betrieben zwar viele Fürsten dieser Zeit, aber eine, bei der die Bevölkerung zur Abnahme der Lose verpflichtet war, nur unser Rheingraf. Am Ende, als auch diese Gelder nicht mehr ausreichten, blieb noch der Betrug. Scheck- und Wechselbetrug, Verpfändung von Einnahmen aus Monopolen ohne Deckung, Unterschlagung von Gemeindeeinnahmen, Verpfändung des Gemeindevermögens, um nur einiges zu nennen. Den Schlußakkord intonierten gefälschte Obligationen, die Carl Magnus und seinen Consorten hernach am Ende vorzüglich den Hals brachen."

So drückte der Magister den Bankrott des Grafen mit sichtlicher Genugtuung aus. Vom außergewöhnlichen Abstieg des Grafen berichtete er, von der verdienten Strafe, die nur glücklichen Umständen und einem aufgeklärten und strengen Kaiser in Wien zu verdanken sei.

„Hätte er Geld gehabt, hätte Carl Magnus sein Verhängnis möglicherweise noch abwehren können", sprach der Magister mit gedämpfter Stimme, nachdem er sich ein wenig von seiner Empörung befreit hatte.

„Die Gläubiger taten sich zusammen und wandten sich sowohl an das Reichskammergericht in Wetzlar als auch an den Reichshofrat in Wien. Kaiser Joseph ordnete eine Untersuchung unter der Leitung eines Grafen von Weilburg an. Danach erhob man Anklage und erstaunlich schnell fällte der Reichshofrat auf Weisung des Kaisers das Urteil. Es war gerecht, höchst gerecht sogar, den Rheingrafen seiner Herrschaft zu entheben und ihn zu zehn Jahren Festungshaft, zu kavaliersmäßigen Bedingungen allerdings, zu verurteilen. Aber natürlich war es auch ein despotisches und ungerechtes Urteil. Der Kaiser hatte bei diesem kleinen bankrottierenden Grafen kurzen Prozeß gemacht. Kein Finger rührte sich, um Carl Magnus zu helfen. Weder bei anderen Fürsten noch in der eigenen Familie. Nur seine Tochter Christiane antichambrierte in kirchlichen und politischen Kreisen, bis nach Berlin. Schließlich erreichte sie seine vorzeitige Haftentlassung nach etwas mehr als sechs Jahren.

Die Dinge, die Carl Magnus so geliebt hatte, wurden versteigert, verschleudert. Dabei kam auch der chinesische Pavillon, die Orangerie, die Einrichtung der Fabriken, das Inventar des Schlosses mit Ausnahme des privaten Besitzes der Rheingräfin samt Mobiliar, Tapeten, Kupfern, Karten, Büchern und Musikinstrumenten, Pferden und Kutschen unter den Hammer.

Seit seiner Rückkehr aus der Festung Königstein, die Gräfin war im Jahr zuvor verstorben, lebte er verlassen in einigen Zimmern des Seitenflügels im ansonsten leergeräumten Schloß. Er war nicht mehr regierender Rheingraf. Die Herrschaft war vom Kaiser einer Seitenlinie zugesprochen worden, die ihren Sitz in Wörrstadt hatte. Man versorgte Carl Magnus, dem Urteil entsprechend mit einer kleinen Apanage. Sonst kümmerte sich niemand um ihn als der Pfarrer und sein Diener, den er zum Hofmarschall ernannt hatte. Er hing seinen Jugenderinnerungen nach, vor allem seiner Militärzeit in Frankreich. Sein ganzer Stolz war nun die Ernennung zum Marechal de Camp, die Louis XVI. ihm während der Haft überbringen ließ. Carl Magnus vergötterte den französischen König dafür um so mehr. Als er die Nachricht vom Tod des Königs unter der Guillotine vernahm, war sein Lebenswille endgültig gebrochen.

Seinen Garten betrat er nur noch Nachts, weil man den erbärmlichen Zustand der Anlage, die dem seinen so sehr glich, dann nur erahnen, aber nicht sehen konnte. Nur die Akademie bereitete ihm noch gelegentliche Freude, weil es ihn an seine glänzenden Zeiten erinnerte, er den gestickten, schon stark verschlissenen Rock tragen konnte, der für kostbare, seltene Augenblicke aufbewahrt wurde und kulinarische Genüsse sein Schicksal milderten."

Der Magister schluckte schwer. Er wandte sich vom Grabmal ab und Gregor zu.

„Wie", erstaunte Gregor, „ist es möglich, daß er noch lebt? Habe ich den Grehweiler nicht vorhin noch gesehen?", und wies fragend auf das Grabmal, vor dem sie standen.

„Allerdings, mein Herr, er hat es nach dem Tod seiner Frau bereits für sich errichten lassen. Ihr habt", sagte der Magister, „ihn selbst gesehen. Er hat der Akademie heute Nacht präsidiert."

Als sie schweigend aus dem Portal ins Morgendlicht traten, war ihnen weniger die vom Magister herausgestrichene Verworfenheit dieses Duodezfürsten in Erinnerung geblieben, sondern eher die Schwäche, die ihn der Mode und Konvention seiner Zeit vollständig ausgeliefert hatte. Er war ihr, dachte Gregor, obwohl in jeder Hinsicht frei in seinen Entscheidungen und als Fürst aus altem Geschlecht zur Selbstbestimmung geradezu geboren, hilflos ausgeliefert und unfähig zur Einsicht. Dies war sozusagen die Kehrseite der Selbstbestimmung, die maßlose Selbstsucht.

Gregor beschleunigte seine Schritte, um das Hotel zu erreichen. Als er sich umdrehte, um sich zu verabschieden und sich bei dem Magister für seine Erklärungen zu bedanken, bemerkte er, daß er ganz allein auf dem leeren, gepflasterten Kirchplatz stand. Er fror.

6.

Während die Gruppe, der Einladung des Soldaten folgend, daß Musikzimmer aufsuchte, um später die Basilika zu besuchen, hatten Manuel und Sophie sich immer weiter von der Gesellschaft zurückgezogen.

„Wie kannst du dich nur so verstecken wollen, in einem Elfenbeinturm; hast du denn in Paris nichts erlebt, was dich mit der Erde, dem Leben in Verbindung bringt ?" fragte Sophie. Sie strich ihre lockigen braunen Haare aus dem Gesicht und sah Manuel auffordernd an.

Feingeharkter Kies knirschte unter ihren Füßen auf der vom Mond beschienen Allee, als sie sich im Garten, vorbei an dem rosenumstandenen Amorbrunnen wieder dem Amtshaus näherten. Manuel suchte nach einer Antwort, nicht nur für sich, sondern auch für Sophie.

„Es wäre doch unrecht von mir, die Erwartungen, die ich selbst geweckt habe, jetzt, nachdem ich das Studium beendet habe, zu enttäuschen."

„Aber vielleicht bereust du die Entscheidung bereits in fünf oder sechs Jahren und verläßt das Kloster. Dann hättest du einen Teil deiner Jugend verschwendet. Die, die dich lieben und die, die du liebst, hättest du doch ebenso enttäuscht," erwiderte Sophie zornig.

„Mich liebt, so weit ich sehe, niemand. Wen also soll ich enttäuschen? - "Höchstens, daß ich liebe" fuhr Manuel fort. Er zog Sophie neben sich, in Sichtweite des Amtshauses, auf eine Bank.

„Morgen früh muß ich mich entscheiden, ob ich weiter nach Worms fahre oder nach Paris zurückkehre. Eine Nacht nur, eine einzige Nacht!

Plötzlich fiel ihm ein, daß sie vielleicht nur darauf wartete, daß er etwas unternahm.

„Wollen wir den Glockenturm ersteigen? Keine Angst, es ist hell heute Nacht. Wir könnten das Fest rundum sehen und trotzdem ganz allein sein. Die gelehrten Diskussionen sind mir schon lange zuwider."

„Was für eine Schnapsidee," sagte Sophie in der Hoffnung, er möge seinen Vorschlag nicht fallenlassen.

Manuel nahm Sophies Hand und zog sie fort über den Kiesweg zurück zum Turmaufgang. Langsam stiegen sie, eng aneinandergedrückt, die enge, steile Wendeltreppe hinauf, umfangen vom kühlen Dunkel. In der geräumigen Turmstube führte nur noch eine Leiter weiter hinauf zu den Glocken. Glockenseile hingen von der Decke bis auf den Dielenboden, wo sie ordentlich kreisrund aufgeschossen lagen. Da oben waren noch die dicke Emilie, mit vollem dunklem Ton, die zierliche Margarete, die die Viertelstunden schlug, die alte Constanze, an deren eigentümlichem Klang die Otternheimer die Totenmesse erkannten und die erst kürzlich gestiftete Henriette, die frisch und feierlich zu Taufen und Hochzeiten, Firmungen und Festen einläutete.

Mit tiefer Leidenschaft erfüllte nun Emilies erster Stundenschlag des neuen Tages die Turmbesucher, die ihre Haare und Hände, Mienen und Münder verschränkten und verschlangen, kurze Atempause nur sich gönnten, um durch das Maßwerk das bunte, schon maßlose Treiben, den üppigen Lichterglanz des Festes auf dem Kirchplatz zu ihren Füßen zu betrachten. Der Stundenschlag war gleichzeitig das Zeichen zum Feuerwerk gewesen. Aus vielen Rohren, die auf Flößen im nahegelegenen Fluß befestigt waren, stiegen die Raketen und Granaten auf, zerplatzten in den Farben des Regenbogens, warfen flackernde Lichter an die Wände der Turmstube, geboten donnernd jeder Unterhaltung Einhalt.

Manuel und Sophie hängten beim Zeichen der feierlichen Henriette lachend ihre Kleider an die Glockenseile, so daß sie wie Gespenster auf und nieder stiegen. Das Lager des Turmwächters erschien ihnen wie mit bengalischem Feuer erleuchtet, gleichsam ein Diwan im Harem des Harun- al-Raschid.

Inbrünstig stimmte nun die dicke Emilie ihr Lied an, wiegte sich bald im Gleichklang mit der feschen Henriette, ermunterte auch die schüchterne Margarete zum Dreiklang. Der Turm erbebte unter Kanonenschlägen, dem Brausen der Glocken und stürmisch drängender Leidenschaft. Die Liebe lehrte Sophie und Manuel vielerlei Zärtlichkeiten im Takt der Glocken, von denen sie vordem nichts gewußt hatten, ja nicht einmal etwas geahnt hatten. Die Früchte des Paradieses erschienen ihnen, wie Otaheite sie abends aufgezählt hatte; Pomeline, Granate, Angosturie...usw. Die Schönheit Tahitis, der Südsee, die er ihnen ausgebreitet hatte, wurde lebendig in der hochgelegenen, staubigen Turmstube. Die immer fröhliche Schönheit der Insulaner vergoldete ihre Körper und Seelen. Sie lagen im weißen Sand, von klarem türkisem Wasser umspült, innerlich ruhig und gewiß geworden inmitten eines gleißenden, mitreißenden Strudels.

Dann stiegen die letzten Raketen in die schon kühle Nacht, aus den geöffneten Fenstern des Amtshauses stieg eine Feuerwerksmusik mächtig den Turm hinauf; der Beifall der Menschen auf dem Platz verlosch unter dem Klang der alten Constanze, die zum Schluß an das Leben und den Tod gemahnte, die mit schleppendem Schlag Manuels Abschied von seinem bisherigen Leben verkündete.

Unter der alten Decke des Turmwächters lagen sie in enger Umarmung in wohltuendem Schlaf.

*

Um viertel vor sechs erwartete mich Antoine am Eingang der Markthalle. Ein alter häßlicher Betonbau aus den zwanziger Jahren mit dem Willen zur Schmucklosigkeit. Er lag am Ortsrand zum Hafen hin. Im Sommer fand auf dem Parkplatz davor der Markt statt, angereichert um viele Stände für die Touristen. Drinnen ging es heute nur um die Einkäufe der Leute, die es vorzogen, nicht im Gigantorama einzukaufen. Die Hälfte der Stände war unbesetzt. Nur die Fischhändler, der Bäcker und der Weinhändler, der Käseverkäufer und der Schlachter und ein Gemüsehändler vom Festland waren zu dieser Jahreszeit in der Halle.

Antoine ging mir voraus auf den Haupteingang zu. Dann trat er plötzlich zurück, bedeutete mir mit einer Handbewegung, ihm zu folgen und ging um das Gebäude herum zur Laderampe. Als er einen bestimmten Kühllastwagen aus St. Martin sah, grinste er befriedigt zu mir herüber.

„Bleib bitte hier, ich werde mich erst umsehen."

Während ich mich an die Wand lehnte, das Gesicht der Morgensonne zugewandt, ging Antoine auf den Fahrer des Lastwagens zu. Er bot ihm eine Zigarette an, die dieser ausschlug, fragte ihn etwas, was ich aus der Entfernung nicht verstehen konnte. Der magere Lastwagenfahrer in einem schmutzigweißen Overall mit Firmenlogo auf Brust und Rükken gestikulierte und erregte sich mit zunehmender Dauer ihres Gesprächs. Laute Flüche begleiteten seine Suada. Mit hängenden Schultern kam Antoine bald danach zurück zu mir.

„Wo ist Manuel ?" fragte ich ihn nervös.

„Er hat ihn vor zwei Tagen gefeuert. Es hat Fisch gefehlt. Ein halber Lastwagen voll. So ein Mist! Jetzt ist er wahrscheinlich wieder in La Rochelle, um mit dem nächsten Frachter oder auf irgendeine andere Art zu verschwinden."

Ich fröstelte in der kalten Morgenluft. Ein Kaffee wäre jetzt das Beste, überlegte ich. Zusammen erledigten wir die Einkäufe für das Restaurant und ich lud ihn ein, mit mir zusammen in dem kleinen Café am Hafen zu frühstücken.

„Meinst du, Antoine, du verträgst schon eine kleine Geschichte zum Frühstück ?" fragte ich ihn.

Nach unserer gemeinsamen Aktion in der Markthalle war ich plötzlich wieder in Stimmung für eine weitere Episode. Jetzt, wo ich den größeren Teil meiner Fahrt mit Manuel bereits beschrieben hatte, die unglaublichen Vorfälle der Nacht, erschien es mir zurückblickend beinahe unwahrscheinlich, daß ich dies alles wirklich erlebt hatte. Die Nacherzählung war deshalb auch so etwas wie der Versuch einer Selbstvergewisserung. Für Antoine konnte eine Geschichte nicht phantastisch genug sein. Deshalb erhoffte er noch eine Steigerung dessen, was er letzte Nacht gehört hatte.

7.

„Alexander, mein Freund", wandte Otaheite sich an den jungen Naturforscher, "ihr nehmt heute die Bank, wenn ich bitten darf. Grehweiler ist letztens ständig eingeschlafen".

Der Angesprochene quittierte die unziemliche Bemerkung mit einem flüchtigen Grinsen und nahm die glattneuen, länglichen Karten aus einem ledernen Etui, mischte sie und bat die Runde um die Einsätze für den ersten Stich. Zuvor hatte er von dem Stapel vier Karten abgezählt und beiseite gelegt.

Schwerfällig sprach Grehweiler den neben ihm sitzenden Erthal an:

„Habt ihr bemerkt, wie schwankend der Novize noch in seinem Entschluß ist ? Er sollte vielleicht einfach besser ein Weltpriester werden, wenn ihm etwas am Glauben und seiner Bestimmung liegt, meint ihr nicht auch ?"

Die Knöchel des Falkensteiners traten bei diesen Worten weiß hervor, so sehr preßte er die Karten in seiner Hand.

Gregor stand im Hintergrund im Schatten des Raumes und betrachtete die Runde am Spieltisch. Die handgemalten Karten glänzten im Schein der Kerzenleuchter, die mit kleinen Schirmchen gedämpftes Licht auf das punzierte grüne Leder des Tisches warfen.

Links von der Bank sitzend nahm der Falkensteiner als erster seine Karte auf. Ein Karo Bauer. Er betrachtete sie kurz, ohne dabei den Gesichtsausdruck der Gleichmütigkeit zu verlieren und legte sie verdeckt auf den Tisch neben den Stapel seiner Goldmünzen.

Otaheite hob die Ecke seiner Karte nur leicht an und erkannte eine Kreuz Zwei. Da die höchste Karte den Stich machte, gab er die Runde damit bereits verloren. Der Magister bekam das Pik As, nur eine Eins also und ärgerte sich insgeheim über den verlorenen Einsatz.

Auch Grehweiler und Sir William zogen keine Bilder, Erthal aber den Kreuz König.

Man deckte reihum auf und Erthal erhielt die Einsätze der ersten Runde ausgezahlt, was ihn sichtlich aufmunterte.

„Wir haben heute einen Gast unter uns, den ein schweres Problem bedrückt", erzählte Erthal aufgeräumt mit fettiger Stimme. „Der junge Novize hat sich meinem geistlichen und väterlichen Rat anvertraut und mir gebeichtet, daß sein endgültiger Eintritt in den Orden des hl. Augustinus von einer schweren Prüfung belastet ist. Er hat bei seinen Studien in Paris ein Mädchen kennengelernt", an dieser Stelle schnalzte er mit der Zunge, „und ihr sein Herz geschenkt." Tatsächlich hatte Manuel Erthal als Geistlichen auf sein Problem angesprochen.

„Der Glückliche", seufzte Grehweiler und strich die zweite Runde des Spiels ein.

„Nun kann er sich nicht ", fuhr Erthal mit erhobener Stimme fort ohne Grehweiler zu beachten, „zwischen ihr und dem Orden entscheiden."

„Da ist er bei euch ja an der richtigen Adresse, Erthaler," fauchte der Falkensteiner über das Grün des Spieltisches. „Wenn ihr damals meine Bemühungen, die Klöster aufzuheben, nicht als Führer eurer papistischen Fürstenfronde zunichte gemacht hättet, hätte er das Problem nicht und könnte munter mit seiner Elfe zu Bette liegen. Im übrigen seid ihr ein Gauner, Erthal, denn dieser sogenannte Fürstenbund war mit preußischen Talern vergoldet."

„Sachte, sachte, mein Lieber. Meinen Brüdern im Herrn habt *ihr* den Schutz entzogen,..., kaiserlicher Herr," erwiderte der dicke Prior schroff und spielte damit auf die Aufhebung der Klöster in den habsburgischen Ländern an. Er schob ein paar Münzen in die Mitte des Spieltisches für die nächste Runde.

„Eure Wahl zum deutschen König und Römischen Kaiser, die unser verehrter Goethe so trefflich beschrieb, haben wir einstweilen bitter zu bereuen gehabt," fügte er noch gepreßt hinzu.

„Geschenkt, ich gebe euch Genugtuung", konterte der Falkensteiner kaltblütig. "Ihr sollt diesen Novizen haben für eines eurer Klöster, wenn ihr diese Partie gewinnt."

Als Gewinner der dritten Runde annoncierte Erthal die erste Erhöhung des Einsatzes und setzte einen majestätischen Preis fest. Dies bewog den Magister, aus der Partie auszusteigen. Auch Sir William nahm augenblicklich sein Geld vom Tisch.

„Was für einen Sinn machte es, sich vor der Welt zu verkriechen", warf Otaheite ein, "nur wenn er aus dem Leben und seinen Aufgaben selbst schöpfte, könnte er etwas vollbringen."

„Ja, da habt ihr gewiß recht, vor allem im Bett nicht wahr, so ein junger hübscher Kerl", polterte Grehweiler dazwischen. Ein Handbewegung Erthals gebot ihm Schweigen.

Mit kleinen Augen und scharfer leiser Stimme wandte er sich an den Falkensteiner: "Nichts anderes als dies unwürdige Geschwätz habe ich von euch erwartet. Respekt vor der Leistung vieler großer Lehrer, die Ordensmänner und - frauen waren, ist euch bei eurer notorischen Überheblichkeit fremd. Um wieviel mehr muß dies gelten für die Entscheidung eines jungen Menschen für ein Leben der Kontemplation," fuhr er salbungsvoll fort. „Aber eure Bäume wachsen auch nicht in den Himmel, gelobt sei der Herr."

Erthal hatte nun drei Stiche gewonnen, der Falkensteiner und Grehweiler je einen. Bei 16 Talern die Karte paßten nun auch Otaheite und Grehweiler. Bis zur siebten Runde schlich das Spiel ereignislos dahin. Dann hatte der Graf von Falkenstein mit dem dritten Stich Erthals gleichgezogen.

„Was haltet ihr von einer Erhöhung des Einsatzes?" fragte der Falkensteiner hinterhältig in die maskenhafte Runde. Erstaunt sah man ihn an, auch ein wenig verständnislos.

„Ja, ich meine wir sollten die Sache des Novizen offiziell als Casus des Unterausschusses für menschliche Angelegenheiten der Akademie behandeln."

„Unerhört, noch nie dagewesen, abstrus" murmelte die Runde.

„Wer die Partie gewinnt", griff Erthal den Vorschlag des Falkensteiners auf, ohne sich von der Erregung beirren zu lassen, "diktiert den Kammerentscheid!"

Gregor, der die Partie aufmerksam verfolgt hatte, trat bestürzt einen Schritt vor und betrachtete das Gestikulieren der beteiligten Akademiemitglieder. Sofort erkannte er die Tragweite des Vorschlags. Erthal rechnete sich eine gute Chance aus, den siebten und letzten Stich zu machen. Damit wäre Manuel für ein Leben im Kloster bestimmt.

Durch das geöffnete Fenster drang nun das mitternächtliche, festliche Geläut der nahen Kirche herüber. Gregor entschloß sich unverzüglich, Manuel beizustehen und sann darüber nach, wie er den sich abzeichnenden Triumph Erthals verhindern könnte.

Bisher waren ja weder die Karte der göttlichen Vorsehung noch die der aufgeklärten Vernunft aufgedeckt worden, die die zwei Fraktionen in der Kammer repräsentierten. Sie verliehen im Verlauf der Partie dem jeweiligen Vertreter der Fraktion das Urteilsrecht für den streitigen Casus. Dies galt als Entscheidung durch den Eingriff höherer Mächte. Erthal und Falkenstein standen sich auch dort gegenüber.

Wo waren diese Karten jetzt ? Möglicherweise in der Reserve, die der Studiosus anfangs abgehoben hatte. Dann aber waren sie für eine schnelle Entscheidung unerreichbar. Gregor hatte die Bilder mitgezählt, die in den letzten sieben Runden aufgedeckt worden waren und jetzt im Stapel neben der Bank verdeckt lagen. Dreizehn Bilder waren verteilt, so daß nur höchstens eines unter den letzten sechs Karten der Bank sein konnte.

Die Spielregel der Akademie bestimmte, daß derjenige, der der anderen Partei den Entscheid in einer Streitsache freiwillig überließ, ohne seine Karten aufzudecken, als Ausgleich den Einsatz der letzten, höchsten Runde erhielt. So hatte Grehweiler bisweilen in Fragen, die sein Gewissen minder belasteten, auf einen Entscheid zu seinen Gunsten verzichtet um seine Schatulle aufzubessern.

In der achten und letzten Runde hatte der Erthaler inzwischen eine Herz Dame gekauft. Da er nicht wußte, wie viele Bilder unter den letzten sechs Karten waren und ob nicht die Karten der Vorsehung oder der Aufklärung noch im Spiel waren, überlegte er, den Entscheid an den Grafen abzugeben, trotz seiner hohen Karte.

Was ging ihn schließlich irgendein Novize an. Schwache Menschen ärgerten ihn. Er war einer der höchsten Reichsfürsten und selbst ein Kaiser schreckte ihn nicht.

Gregor aber bemerkte ein Zögern Erthals. Er hatte auch gesehen, daß Erthal das letzte Bild gezogen hatte und die Partie gewinnen würde.

Das Feuerwerk zum Abschluß des Stadtfestes warf bunte Lichter über den Spieltisch und auf den intarsierten Parkettboden der Bibliothek. Niemand sprach, als der Falkensteiner seine letzte Karte kaufte. Ein Diener servierte Champagner in hohen venezianischen Kelchen mit vergoldetem Fuß.

Gregor, der sich hinter den Sessel Falkensteins geschoben hatte, nahm den Beutel mit Goldmünzen, den er sich als Vorschuß von Madame. S. ausbedungen hatte, aus seiner Tasche.

Er schob ihn dem Grafen unauffällig hin und flüsterte ihm zu: „Er hat das letzte Bild".

Der Graf wurde ein wenig blaß, aber er verstand sofort und faßte den Prior scharf ins Auge.

„Erthal, die Vorsehung kann euch nun nicht mehr helfen. Überlaßt den Entscheid lieber mir, denn ich erhöhe nochmals den Einsatz." Bei diesen Worten warf er, auf die Gier und Skrupellosigkeit Erthals vertrauend, Gregors Beutel auf den Tisch, so daß die Goldmünzen nur so herumsprangen.

„Das ist gegen die Regel", jaulte Grehweiler auf, der schließlich heute offiziell den Vorsitz führte. "Bestechung nenne ich daß, so korrumpiert man den Glauben der Menschen an die Integrität der Vorsehung."

Wieder schnitt Erthal dem Grehweiler mit einer Handbewegung das Wort ab, weil er merkte, daß Grehweiler einen moralischen Anfall bekam. Das konnte selbst er vom Grehweiler nicht ertragen.

Otaheite starrte den Grafen bestürzt an, Magister L. kratzte sich verlegen am Kopf und Erthal ?

„Ihr blufft, Falkenstein, ich kenne euch !" krächzte er. Stolz, Neid, Wut und grenzenlose Gier überstürzten sich in seinem Kopf. Wenn er den dummen, kleinen Novizen aus dem Kloster laufen ließ, könnte er sich seine geplante neue Kapelle prächtiger ausstatten lassen, als er es sich jemals erträumt hatte.

Er warf kurzentschlossen die Herz Dame weg.

„Euer Entscheid, Herr Graf." sagte Erthal förmlich und fühlte die Großmut seiner Entscheidung mit Erleichterung. Alexander schob das Gold auf die rechte Tischseite und vermied es, den glänzenden Augen Erthals zu begegnen. Dann sammelte er die Karten ein.

Der Vorsitzende des Unterausschusses für menschliche Angelegenheiten der Akademie protokollierte den Kammerentscheid des Vorsitzenden der Fraktion der aufgeklärten Vernunft, des Grafen von Falkenstein:

„Dem Novizen Manuel sei die Rückkehr ins Kloster auf immer verwehrt. Er setzt nach Belieben sein Leben und seine Arbeit an der Seite von Mlle. Sophie fort. Die Verfügung ergeht auf Grund des Überlassungsentscheides durch den Vorsitzenden der Fraktion der göttlichen Vorsehung.

Gez. Grehweiler, Vorsitzender."

*

Ein paar Tage lang war ich nicht imstande, das Atlantique zu besuchen. Frierend und mit Fieber hatte
ich mich den ganzen Tag an den Kamin geklam-
mert, um etwas Wärme in den Körper zu bekommen. Antoine hatte kurz herein geschaut und eine
Nachbarin mit meinen kleinen Einkäufen beauf-
tragt. So gingen meine Vorräte an Fischsuppe und
Rotwein nicht zur Neige. Meine Tage auf der Insel
gingen demnächst zu Ende. Endlich beschloß ich,
die Sache mit Manuel hinter mich zu bringen. Ich
zog einen Anzug und einen warmen Wollmantel an,
um mein Elend darin zu verstecken und ging ha-
stig, eng an die Hauswände gedrückt durch den
Nieselregen zum Atlantique. Der Sturm zerrte an
mir, als ich den Platz betrat, als wolle er mich vom
Besuch der Bar zurückhalten. Es war schon fast
zehn Uhr abends, als ich mich zu den anderen an
die Bar gesellte. Jean Baptiste, der Küchenjunge,
holte mir sofort einen Stuhl und etwas zu trinken,
als er meinen Zustand erkannte. Antoine kam um
die Theke herum um mich zu fragen, ob er etwas
für mich tun könne. Ich schüttelte nur stumm den
Kopf. Ich sammelte Kraft für meine Geschichte
und war gleichzeitig froh, hierhergekommen zu
sein. Noch einen Abend allein in meinem Haus
hätte ich nicht ausgehalten.

Das junge Paar, das ich schon am ersten
Abend gesehen hatte, setzte sich zu mir an den
Tisch. Sie behaupteten, daß sie Manuel kennen.

„Ihr kennt ihn, seid ihr sicher?" fragte ich
skeptisch.

„Ja," antwortete sie. „Alle hier im Ort sprechen schon von ihrer Geschichte, die sie uns in der letzten Zeit erzählt haben; es kann eigentlich nur Manuel aus St. Martin sein. Er wohnt bei seiner Freundin Sophie in einem kleinen Haus in der Nähe des Gefängnisses. Letzte Woche habe ich ihn noch gesehen, als er mit dem Wagen wegfuhr. Es scheint ihm ganz gut zu gehen, im Augenblick.

„So," meinte ich nur. Mir war der Gedanke an eine Begegnung mit Manuel inzwischen gleichgültig geworden. Vielleicht fürchtete ich mittlerweile eine erneute Verletzung meiner Gefühle. Seine und meine Geschichte waren nun fast zu Ende erzählt. Mit heiserer Stimme begann ich von meiner letzten Begegnung mit Manuel zu erzählen.

8.

Manuel wachte auf, weil ihn fror. Ein frischer Morgenwind durchzog die Turmstube. Der Platz neben ihm im Bett des Türmers, an dem Sophie die Nacht verbracht hatte, war leer und nicht mehr warm. Freigeräumt wie von Geisterhand. Sein Kopf war noch schwer vom Otternheimer und er fand sich vollständig nackt. Zunächst suchte er vergeblich seine Kleider, bis ihm einfiel, daß er sie zusammen mit Sophie an die Glockenseile gehängt hatte. Vorsichtig nahm er sie ab, um die Glocken nicht anzuschlagen. Dann machte er sich wackelig über die steile Steintreppe auf den Weg nach unten. Noch war er nicht wieder Herr seiner selbst, als er sich daran erinnerte, ein Zimmer im Gasthof zu haben. Bald würde Gregor aufstehen. Manuel ging durch den Klostergarten zurück zum Gasthof, an dem zu seiner Freude eine Tür geöffnet war.

In seinem Zimmer stellte er den Wecker mit Mühe auf eine Weckzeit in zwei Stunden und schlief augenblicklich ein, nicht ohne dabei glücklich an die nächtliche Turmstube zu denken.

Gregor war indessen seit zwei Stunden eingeschlafen. Er hatte eine Weile wach gelegen. Dabei war ihm noch einmal der Abschied von Madame S. durch den Kopf gegangen. Sie hatte ihm ihren Vornamen Germaine anvertraut und ihn wegen seines selbstlosen Einsatzes für Manuel bei der späten Partie Karten ausdrücklich in schmeichelhaften Worten gelobt. Sie hatte ihn ihrer Hochachtung versichert und sie damit unter Beweis gestellt, daß sie ihm die eingesetzte Summe nochmals aufnötigte. Zum Schluß hatte sie ihn sogar an ihre Brust gedrückt. Eine Nacht der Wunder.

Bald danach stand er auf, zog seinen besten leinenen Anzug mit einer gestickten Weste an, um sein seltenes Glück zu genießen und ging in der Morgensonne die gepflasterte Hauptstraße entlang aus dem Osttor hinaus in die Weinberge, in der Hoffnung, bald Manuel wiederzusehen. Seit ihrer Trennung am Vorabend hatten sie genug erlebt, um einen Tag darüber philosophieren; oder war es nur ein Traum gewesen, so unglaublich und phantastisch, daß man es zu Hause besser für sich behielt, um nicht als Spinner zu gelten.

Er genoß den schönen Morgen, seine Sinne waren geschärft für die morgendlichen Eindrücke durch den kurzen Schlaf und die Ereignisse der Nacht. Leib und Leben gingen ihm heute ineinander wie selten.

An einem Weinbergshäuschen, das die Form einer aufrecht stehenden geweißelten Granatenhülse hatte, traf er Manuel, nachdem er einen langen Spaziergang an den Hängen entlang des Tales gemacht hatte und in weitem Bogen, ein Stück sogar am Bach entlang, der hier dem Glan zufloß, zurückkehrte. Diesen Aussichtspunkt oberhalb von Otternheim konnte man von verschiedenen Seiten auf verwitterten Steintreppchen erreichen. Er war umgeben von duftenden Rosenbüschen. Ihre Umarmung war fast mehr ein Halt geben. So schwer war der Aufstieg ihnen doch gefallen in ihrer Müdigkeit.

„Wie geht´s dir", fragten sie beide gleichzeitig und mußten lachen.

Ein junger Bursche trat schnaufend zu ihnen auf die Kanzel und stieß keuchend seine Frage hervor:

„Wohnen sie im Gasthof zum Deutschen Kaiser ?" Er zerrte einen großen Weidenkorb auf die runde Messingplatte des Steintisches, in die eine Karte der Umgebung eingraviert war, an dem Gregor und Manuel standen. "Madame S. schickt Herrn Gregor diesen Korb, wünscht einen schönen Morgen und ein baldiges Wiedersehen in Rom."

Gregor bedankte sich, steckte dem Jungen ein Trinkgeld zu und warf einen Blick unter die karierte Wolldecke, die den Inhalt verbarg.

„In Rom", wandte sich Manuel fragend an ihn.

„Ja, vielleicht in Rom. Sie hat mir heute Nacht einen außerordentlichen Auftrag für ihren römischen Garten erteilt. Sogar einen Vorschuß für die vorbereitenden Arbeiten habe ich erhalten."

„Das heißt, du wirst endlich einen eigenen Garten bauen?", fragte Manuel aufgeregt. „Sie wird natürlich auch dort sein, nicht wahr?"

„Nein, soweit ist es noch nicht, aber ich werde endlich für gutes Geld den Garten ihrer römischen Villa restaurieren und eine Menge Erfahrungen sammeln können, die ich in meinen Büchern theoretisch schon lange beherrsche," überging Gregor die Frage.

„Alle Achtung, was hast du heute Nacht mit ihr gemacht, du Strolch", sprudelte Manuel übermütig hervor.

„Das sollte ich lieber dich fragen," gab Gregor zurück. „Das hübscheste Mädchen in der Akademie hast du abgeschleppt und bist obendrein unverzüglich mit ihr im Garten verschwunden. Im Kloster kannst du das nicht gelernt haben. Deine geistliche Erziehung läßt sehr zu wünschen übrig, wenn ich damit einmal den Tenor der akademischen Entrüstung wiedergeben darf, den ich deswegen zu hören bekam."

„Dem warst du sicher gewachsen, Gregor", flachste Manuel treuherzig zurück. Übrigens, was ist denn nun eigentlich in dem Korb ?"

„Das wird unser Frühstück sein !" vermutete Gregor. "Aber bevor wir uns dem widmen, hätte ich gerne gewußt, ob du auch heute Nacht einen bestimmten Traum hattest. Hör zu." Gregor räusperte sich, dann dachte er eine Zeit lang nach und begann wie aus der Erinnerung zu sprechen: "Als ich vorhin durch die Otternheimer Straßen hierher ging, dachte ich, ich hätte einen Mann gesehen, den ich im Traum meine als Grehweiler kennengelernt zu haben. Er präsidierte einer Versammlung, an der wir beide auch teilnahmen. Auf dem Marktplatz stieg er eben in seinen dunkelblauen Wagen und fuhr davon. Wenn ich mich nicht sehr täusche, nickte er mir freundlich zu. An der Stadtmauer begegnete ich dem Lehrer, als er gerade in die Straße zur Schule einbog. Mir war auch so, als sei er mir in diesem Traum begegnet und erzählte von einem Carl Magnus, der hier im Kloster begraben liegt."

Ein paar Meter von der Aussichtskanzel entfernt nahmen sie zum Schutz vor der wärmer werdenden Sonne auf einer Bank unter einem ausladenden Feigenbaum Platz, die eine Sparkasse des Ortes gestiftet hatte. Zu ihren Füßen lag Otternheim, beinahe unwirklich hingegossen in das grüne Tal. Ein entfernter Feuerwerkskörper schreckte Vögel von einem Turm der Stadtmauer auf.

Sie sannen über die letzte Nacht nach. Gregor berichtete weiter von seinen morgendlichen Erlebnissen.

„Am Stadttor sah ich einen Geschäftsmann mit dem Taxi abfahren, der genau dem Falkensteiner glich, den ich auf dem Weinfest kennengelernt habe. Du wirst dich erinnern, das wir in seinem Schlepptau in dieses Amtshaus gelangt sind."

Richtig, neben ihm saß dann diese Madame S., die sich so wichtig vorkam gestern Abend", pflichtete Manuel ihm bei, „und die an dir offenbar einen Narren gefressen hatte."

„Immerhin ist das ihr Abschiedsgeschenk", bemerkte Gregor ungnädig und wies auf den Korb, der mittlerweile geöffnet vor ihnen stand.

„Ja, ja, das Thema hatten wir schon und außerdem siehst du sie ja wohl in Rom wieder. Ich hatte allerdings eine ähnliche Begegnung wie du. Als ich das Hotel verließ, hat mich der Student, der als Nachtportier arbeitet, mit einem aufmunternden Schulterklopfen verabschiedet und gemeint, da hätte ich ja noch mal Glück gehabt. Verstehst du, was er meinte? Er sagte noch, er heiße Alexander."

„Keine Ahnung," log Gregor. „Sag mal," versuchte er abzulenken, „du wolltest mir schon immer erzählen, woher du eigentlich kommst? Wir haben noch den ganzen Tag vor uns. Das ist viel Zeit für ein Leben." Dabei schlug er die karierte Decke endgültig vom Korb zurück und breitete bunte Teller, silbernes Besteck und Gläser, mundgeblasene venezianische Kelche wie er anerkennend bemerkte, auf der nur wenig feuchten Wiese aus.

Manuel war nun endgültig an dem Punkt angelangt, mit sich ins Reine zu kommen. Er wollte diesen Tag als den Tag des Stillstands zwischen zwei Welten feiern. Er begann, von seiner Familie zu erzählen. Gregor legte ihnen vor und schenkte behutsam vom eiskalten Champagner ein, der Madame S. von ihren Freunden in Epernay verehrt wurde.

„Gestern habe ich dir, meine ich, schon erzählt, daß ich mich, als es um die Frage ging, ob ich nun in den Orden eintrete oder nicht, an Orte zurückgezogen habe, an denen ich möglichst ungestört nachdenken konnte. Daran war zu Hause nicht zu denken. Es war vor allem ein Ort auf der Insel. Dort gab es eine Kirche, deren Turm gleichzeitig als Leuchtturm diente."

Manuel nahm ein Hörnchen aus dem Korb und biß ein Stück davon ab. Er senkte seinen Blick auf seine Hände, als er von dieser Kirche berichtete.

„Laß mich versuchen, dir einen Eindruck dieses Raumes zu geben, vielleicht verstehst du dann manches besser."

Gregor blieb eine Antwort schuldig und blickte ihn erwartungsvoll an.

„Die Kirche bildete den Mittelpunkt der kleinen Ortschaft, die etwa zwanzig Kilometer von meinem Wohnort entfernt lag. Sie stand ständig offen, eine Eigenschaft die ich besonders an ihr schätzte. Geschlossene Kirchen sind irgenwie sinnlos, finde ich. Es ist, als wären sie nicht vorhanden. Eine Kirche ist schließlich keine Gruft.

Eine langgestreckte, dreischiffige Basilika", Manuel konzentrierte sich auf seine Erinnerung, „aus dem 12. Jahrhundert, mit An- und Umbauten dreihundert Jahre später, die der Kirche auch einen Glockenturm bescherten. Mich zog sie in erster Linie wegen ihres unverfälschten Gebrauchscharakters an und wegen der vielen Entdeckungen und Rätsel, die ich dort immer wieder machen konnte. Am Eingang des Hauptschiffes war ein großes schwarzes Malteserkreuz in den Steinboden eingelassen, wodurch meine Phantasie augenblicklich in die Unternehmungen der Malteseritter abschweifte, dem Schicksal des Ordens und ihrer mächtigen Großmeister nachsinnend. Der tragische letzte Großmeister des souveränen Malteserordens, ein gewisser Freiherr von Hompesch, beflügelte meine Träumereien besonders, da ich ihn aus einer Biographie aus dem Bücherschrank meines Vaters besonders gut kannte. Unter seiner Regierung erlosch der alte Orden."

Gregor hielt ihm eine leinene Serviette hin, ein einfacher Blaudruck, und meinte pathetisch:

„Trockne deine Tränen mit diesem Tuch, mein Freund, und kehre zurück zu deinen Wurzeln."

Unbeirrt nahm Manuel den Faden seiner Erzählung wieder auf: „Die numerierten Bankreihen waren roh, wie von einem Schiffszimmermann zusammengehauen und wo sie fehlten, durch pinkfarbene Plastikstapelstühle ergänzt worden. Der abblätternde Putz der ehemals geweißten Wände, der Säulen und Fialen war ein deutliches Zeichen zunehmender Vernachlässigung und schwindenden Interesses in der ansässigen Bevölkerung. Um so mehr Bedeutung wuchs ja daraus jedem bekennenden, glaubenden Christen zu, dachte ich. An der Stirnseite der drei Schiffe standen klassizistische Altäre in hellem Grau, zu gut erhalten eigentlich in Anbetracht des verwüsteten Fußbodens und des Zustands der restlichen Baulichkeiten; der aus Eichenholz geschnitzten Kanzel aus dem 17. Jahrhundert in der Mitte des Mittelschiffs oder den Portalen und Kreuzgewölben. Die großformatigen Altargemälde waren flankiert von Säulen korinthischer Ordnung, die mit stukkierten vergoldeten Früchten behängt waren. Das Bildnis des Hochaltars zeigte in konventioneller Manier die Auferstehung Christi.

Im rechten Seitenflügel schloß sich in ähnlicher Rahmung, wenn auch nicht so reich ausgestattet, ein Josephsaltar an. An den Türen direkt daneben hingen Danksagungen für in Erfüllung gegangene Wunder. Der linke Seitenflügel beherbergte einen Marienaltar, dessen Gemälde mir eine sehr ernsthafte Mutter Gottes mit dem Kinde zeigte. Davor der größte Kerzenständer der Kirche, auf dem ständig Lichter brannten. Ich habe ihnen regelmäßig eine hinzugefügt.

Der ganze Altarraum dieser St. Etienne geweihten Kirche war von einer schönen niedrigen, massiv geschnitzten Barriere abgetrennt, die bäuerliche Motive zeigte. Weinlese, Salzgewinnung, Fischfang. Im rechten Querschiff dagegen, erst um die Mitte des 19. Jh. ergänzt, eine Kapelle der Seefahrer mit einem kleinen Altar, einem Beichtstuhl mit roten Samtvorhängen und einer Vitrine mit dem Modell der Drei-Mast-Bark „La Reine des Anges", der Königin der Engel, von 1850. Ich habe oft versucht, mir vorzustellen, welche Sünden dem Pfarrer in diesem Beichtstuhl von Fahrten in die exotischsten Häfen der Welt wohl gebeichtet worden sind. Wieviele Ehebrüche und wieviel Mord und Totschlag im Namen der Grande Nation. Hier hing auch, neben einer Reihe von Täfelchen, die für die glückliche Heimkehr von Vater, Bruder oder Sohn dankten, ein Bild vom Schiffbruch des englischen Schiffes „Lucile" aus dem Jahr 1877. Es zeigte das in Seenot geratene Schiff zwischen großen grünen Wellen begleitet von einem kleinen Boot mit französischer Flagge, offenbar von der Insel, bei dem Versuch, die englischen Seeleute von ihrem Schiff zu retten. Danach ging man dann an die Bergung des Wracks und seiner Ladung, mit deren Erlös die Inselbewohner früher ihr karges Leben aufbesserten."

Manuel, der anfangs noch zögernd gesprochen hatte, breitete seine Erinnerungen nun freier, farbiger und mit dem Gefühl aus, einem unwiderstehlichen Dreiklang aus angenehmer Erinnerung, freundlicher Umgebung und freundschaftlichem Interesse zu begegnen. Nach einer kurzen Pause, in der auch Manuel half, den Korb zu leeren, setzte er seine Schilderung fort.

„Neben dem Kristallüster, der in der Vierungskuppel hing, gab es auch lieblos eingebaute Strahler und Lautsprecher. Die Kabel hingen, übertüncht, um die halben Säulen herum. In den Seitenschiffen hatte man die Stationen des Kreuzweges im Nazarenischen Stil zwischen die farbenfrohen, vorwiegend blau-weiß-roten Fenster plaziert. Eine Menge Figuren aus verschiedenen Epochen und Materialien, darunter Jeanne D´Arc, der hl. Antonius von Padua, Petrus und Paulus, der hl. Joseph und St. Etienne, der Namenspatron der Kirche, rundeten dieses Himmelstheater für mich ab.

Dort habe ich mich, nach einigen vergeblichen Anläufen und Versuchen in anderen Kirchen der Insel, namentlich in St. Martin, in einen Zustand versenkt, der durch die reine Betrachtung der Dinge absolute Ruhe auslöste, als ob ich in eine Starre gefallen wäre. Das ging nur außerhalb der Feriensaison, weil dann zu viele Touristen durch die Kirche trampelten."

Gregor legte Manuel eine Hand auf die Schulter. Manuel ließ es geschehen mit der Gewißheit einer großen Vertrautheit zwischen zwei Menschen, die auch durch den Verlauf noch so vieler Jahre nicht gesteigert werden konnte. Ein leiser Spott lag dennoch dabei in seinen Augenwinkeln verborgen.

„Du wirst nicht die ganze Zeit in Kirchen verbracht haben. Wer waren deine Freunde, Manuel?"

„Freunde hatte ich beinahe keine. Ich war wohl zu weit entfernt von ihren Alltäglichkeiten. Ich fühlte mich auserwählt. Eine Weile verfolgten sie mich deswegen, aber etwas an mir war ihnen unheimlich. So gaben sie es wieder auf. Ich mischte mich nicht in den Trubel des Hafens, am wenigsten zur Ferienzeit, wenn das Bassin vor Yachten überquoll, die neueste Mode zur Schau getragen und die Cafes, Bars und Restaurants von Urlaubern aus ganz Frankreich verstopft waren. Ich haßte die gierigen Blicke der Cafehausbesitzer und die gestreßte, gleichgültige, arrogante Art der Kellner.

Mein Revier war das Land, die einsamen Strände im späten Herbst, wenn die dunklen Sturmwolken kaum noch Durchlässe für das spärliche Licht gewährten und die Brandung eiskalte Gischt über den Strand schleuderte. Die alten deutschen Bunker stimmten mich melancholisch, auch weil ich wußte, daß dort alte Männer ihre jungen Freier erwarteten. Ein eigenes Boot hatte ich mir immer gewünscht, um allein auf dem Meer fahren zu können, aber meine Eltern hielten das für zu gefährlich und weigerten sich, mir eines zu kaufen. Ab und zu fuhr ich bei einem Klassenkameraden mit, der recht schweigsam war und meine unkomplizierte Hilfe schätzte, ohne das er je den Versuch gemacht hätte, mich näher kennenzulernen. Sein

Vater war Notar. Er hatte das größte Haus im Ort. Noch lieber fuhr ich allerdings mit den Fischern aufs Meer, wenn sich einmal die seltene Gelegenheit dazu bot."

„Hattet ihr ein eigenes Haus ?" fragte Gregor und öffnete eine gut gekühlte Flasche Wasser, zog zwei grünliche Becher heran und schenkte Manuel und sich ein.

„Ist es nicht ein bißchen früh für Wasser ?" fragte Manuel lachend und blickte Gregor herausfordernd an.

„Unsere Gönnerin weiß bestimmt genug über solche Schäferidyllen, als man in unserem Jahrhundert noch in Erfahrung bringen kann, sei ganz unbesorgt. Da der Korb wahrlich nichts vermissen läßt, werden wir zum Wein noch vordringen. Daneben haben wir noch Früchte, verschiedenes Brot, Käse, kaltes Huhn und Pastete, einen vorzüglichen aber leichten Ortega, Konfitüre oder Kandiertes, eingelegte Fische ! Was willst du mehr ?"

„Bei unserem Abschied ist mir eigentlich nicht nach Feiern zumute", sagte Manuel mehr zu sich selbst, als er an den vor ihm liegenden Weg dachte, den nur er allein gehen konnte.

„Aber ganz falsch, Manuel, du hast allen Grund dazu, schließlich wirst du heute eine Entscheidung treffen, die dein ganzes zukünftiges Leben ändern wird."

„Ja, das stimmt wohl, genau davor müßte ich wohl wirklich Angst haben, Gregor", meinte Manuel bedrückt. "'ber du hast nach unserem Haus gefragt," lenkte er ab.

„Ich habe mich eigentlich nie so recht damit beschäftigt, aber da du mich nun fragst, es war ein Haus, das dem Stil meines Vaters voll und ganz entsprach. Es stand direkt am Hafen, nur durch die Straße und den Vorgarten davon getrennt. Der Vorgarten war nicht übermäßig elegant, wie das ganze Haus, aber mit einem hohen schmiedeeisernen Zaun auf einer halbhohen Mauer umgeben und mit Loorbeerbäumen, Rosen- und Malvenbüschen bepflanzt.

Das Haus selbst war ein stattliches dreistöckiges Kapitänshaus aus Kalkstein mit großen, bis fast auf den Boden reichenden kleingeteilten Fenstern. Drei Kamine ragten aus dem Mönch und Nonne geziegelten Dach. Die zentrale Doppeltür im Erdgeschoß war mit Segelschiffen, Ankern und Jungfrauen verziert.

Mein Vater, zunächst bei der Handelsmarine, war Anfang 1940 zum Hafendienst in Oran verpflichtet worden, um bald darauf die Versenkung der französischen Kriegsflotte durch die Briten mitzuerleben. Er ging von dort für einige Zeit in die ostasiatischen Kolonien und war dort auf Versorgungsschiffen und Patrouillenbooten gefahren, zuletzt in Cochinchina. Als er später auf einem Lazarettschiff nach Frankreich zurück kam, hat er niemals zu uns von seinen Kriegserlebnissen gesprochen. Einige Medaillen, die meine Mutter fand, gaben aber Zeugnis von seinen Kriegseinsätzen, die ich mir mangels besserer Informationen aus den allgemeinen Nachrichten und Legenden über den Krieg in meiner Phantasie zusammenreimte. Einiges davon muß ich wohl in der Schule zum besten gegeben haben, denn meine Mutter verbot mir eines Tages kategorisch, weiter davon zu sprechen.

Mein Vater bekam eine Stelle beim Hafenzoll. Nebenbei muß er an den Schmuggeleien auf der Insel, die damals an der Tagesordnung waren, zumindest durch aktives Wegsehen beteiligt gewesen sein, denn er stattete unser Haus mit altmodischen, aber sehr wertvollen Möbeln und Bildern, kostbaren Stoffen und asiatischen Antiquitäten aus, die er meistens aus Bordeaux bezog. Ein großer ummauerter Garten rundete unseren Besitz ab, der aber nur selten von anderen Menschen besucht wurde."

„Hattet ihr denn keine Verwandten?"

„Nicht in der Nähe. Und nur aus der Familie meiner Mutter, die aus der Gegend von Mainz stammte.

Eines Tages hat man ihn vor ein Untersuchungsgericht in La Rochelle zitiert. Das Ergebnis war, daß er vorzeitig in Pension ging. Offenbar hatte man ihn bei seiner vorgesetzten Zollbehörde wegen eines großen Schnapsschmuggels angezeigt, dem er wie üblich tatenlos zugesehen hatte. Danach sprach er noch weniger, mit uns Kindern gar nicht mehr. Er zog sich in sein getäfeltes, kajüttenähnliches Kabinett zurück, und träumte von seiner Jugend auf See. Einmal am Tag ging er noch mit dem Hund, einem gutmütigen schwarzhaarigen Mischling, hinaus, eine Stunde etwa immer den gleichen Weg, der unweigerlich in der Gaststube des Hotels de l´Indochine endete, wo man in einer dunklen

Ecke noch fleckige verstaubte Bilder von Daladier, Pétain und Laval sehen konnte.

Meine Mutter dagegen wurde immer frommer, bis sie meine drei älteren Geschwister damit endlich aus dem Haus gegrault hatte. Bei mir mußte sie sogar die Hilfe ihres Bruders in Anspruch nehmen, um mich loszuwerden. Du weißt, was ich meine."

Manuel hielt einen Augenblick inne, um in die Wirklichkeit zurückzufinden. Er blickte Gregor mit müdem Blick an:

"Es ist schrecklich, wenn man seinen Vater nicht kennt, obwohl man so lange mit ihm in einem Haus gelebt hat." Nach einer Pause fügte er hinzu: "Vor zwei Jahren ist er gestorben. Niemand aus der Stadt ist zur Beerdigung gekommen, nur der Barmann vom Hotel de L'Indochine. Sein Name war Aristide. Er war in der Nähe von Saigon geboren und auf einer Gummiplantage im Hochland von Laos aufgewachsen. Er sagte mir, er sei mit meinem Vater zusammen auf einem Patrouillenboot im Golf von Tongking gefahren. Er sei ein feiner Kerl gewesen. Das war das netteste, was seit langer Zeit von meinem Vater gesagt worden war und um Klassen besser als die Leichenrede."

„Tut mir leid, Manuel", sagte Gregor teilnahmsvoll.

„Mir nicht, Gregor, mir nicht! Seine Aufgabe, seine Pflicht wäre gewesen, sich um seine Kinder zu kümmern, wenigstens ab und zu mit ihnen zu reden. Einmal hat er das geschafft. Nur ein einziges Mal !" Manuel zitterte vor Zorn. "Wozu hatte er eigentlich Kinder !"

Mit betont ruhiger Stimme ging Gregor darauf ein. „Menschen sind zerbrechlich. Es gibt Situationen, die jeden Menschen zerbrechen können.

„Hör auf, wie ein Pfaffe daherzuquatschen, man kann für alles eine Ausrede finden", schrie Manuel ihn an und lief ein paar Schritte voraus. Dann begrub er sein Gesicht in den Händen. Gregor wartete, bis er sich ein wenig beruhigt hatte und entschuldigte sich.

„Ich bin nur ein alter Narr."

Manuel trat unvermittelt an ihn heran und umarmte ihn. Tränen verschafften ihm etwas Erleichterung.

Begleitet von leisem Rascheln der Blätter kehrten sie schweigend zum Feigenbaum zurück. Sie legten sich auf die Decke und blinzelten durch die Baumkrone zur Morgensonne hinauf.

Gregor nahm die Unterhaltung an anderer Stelle wieder auf.

„Du solltest, meine ich, kein bißchen Angst vor dieser Entscheidung haben, Manuel. Sie ist wie eine Erlösung aus jahrelangen Kämpfen um dich selbst.

Wenn ich es recht betrachte, hat man in einem Menschenleben dreimal zehn Jahre Zeit, aus seinem Leben etwas zu machen", meinte Gregor nachdenklich.

Die ersten zwanzig Jahre sind, das wirst du aus eigener Anschauung wissen, deine wirkliche Jugend, die Zeit der Ausbildung, aber auch des Ausprobierens. Du bist noch vielfach von deinen Eltern abhängig. Danach in der ersten Dekade, wenn du eine Berufsausbildung oder ein Studium absolvierst, ist die Gefahr des Scheiterns natürlich am größten, obwohl du am wenigsten darauf vorbereitet bist. Vielleicht verzettelst du dich im Studium oder wählst die falschen Fächer, möglicherweise wirft dich eine unglückliche Liebe wie die zu Sophie aus der Bahn, vielleicht auch nur eine politische Obsession. Dein Leben erfährt seinen ersten Bruch, der sich nicht mehr kitten läßt, wie noch in den Jugendjahren. Da wurden die Sünden noch verziehen."

Manuel hatte nur mit einem Ohr hingehört.

„Ist das dein Leben, das du mit so vielen vielleicht versiehst?" fragte er Gregor.

„Nein, eher ein Auszug aus dem Gewürz der Welt, wie ich sie kennengelernt habe. Über meine Arbeit habe ich ja schon einiges erzählt, sie ist typisch für die zweite Dekade. Zum beruflichen Aufstieg gehören dann meist auch Familie, Haus, Reisen, Garten, Hund oder Katze usw., die Liste kann man beliebig variieren. Dabei dürfte sich bereits entscheiden," Gregor nahm einen ersten kleinen Schluck vom Ortega, „welchen Status oder, wie soll ich das ausdrücken, welchen Lebenszuschnitt du anstrebst."

„Gar keinen, das kannst du mir glauben", warf Manuel bitter ein. Er dachte an Sophie. Er wollte sie so bald wie möglich wiedersehen und überlegte sich, wie er an Geld uns einen Wagen kommen sollte. Vielleicht könnte er Gregor darum bitten. Er wollte keine Absage riskieren.

„Dabei ist Status an gar keinen Wert gebunden. Jede Existenz erweist sich als an eine bestimmte äußere Form gebunden. Meist fester als man denkt oder wahrhaben will. Welchen Wertmaßstab dann du oder die Gesellschaft anlegen, kann durchaus unterschiedlich sein.

Schließlich tritt man privat und beruflich in Kontakt zu vielen verschiedenen Menschen und dadurch eröffnen sich eine Reihe von Lebensperspektiven, die genutzt sein wollen oder vorübergehen. Die dritte Dekade, die Jahre zwischen 40 und 50 etwa, sind dann sozusagen deine letzte Chance. Wenn du noch etwas erreichen willst, wenn du je etwas erreichen wolltest, und es noch nicht verwirklichen konntest, hast du jetzt noch genügend Zeit und Kraft.

„Ziemlich allgemein, was ?" merkte Manuel kritisch an, Gregor im Stillen für seine unerträgliche Moralisiererei verfluchend.

„Jede Systematisierung verallgemeinert. Dafür erkennt man dann vielleicht auch das typische einer Entwicklung, die man an tausend Einzelfällen nicht gesehen hätte."

„Das mag für Menschen mit gleichen Voraussetzungen und Möglichkeiten gelten, aber wer hat die schon," fuhr Manuel dazwischen.

„Nimm es einfach als Anhaltspunkte. Irgendwann erreicht man den Zenit seiner physischen und psychischen Möglichkeiten. Korrekturen der eigenen Biographie sind nicht einfach, aber man geht sie noch einmal energisch an, auch wenn das Umbrüche erfordert. Deine Kinder verlassen früher oder später das Haus, die Unabhängigkeit nimmt wieder zu und wenn du sie jetzt mißbrauchst ist deine Ehe zerstört, bevor du es richtig wahrgenommen hast.

„Du scheinst ja mehr Lebenserfahrung als Buddha und Konfuzius zusammengenommen zu haben, du Moralist", meinte Manuel mürrisch und genervt. Er sprang auf und ging unter den Feigen hin und her.

„Keineswegs, aber ich gehe mit offenen Augen durch mein Leben. Was ich dabei sehe, gefällt mir nicht, aber das ist dem Leben egal. Also", nahm Gregor den Faden wieder auf, „wenn man in meinem Alter noch etwas leisten will, das eine sichtbare Spur auf dieser Welt hinterläßt, ist es jetzt Zeit dazu. Eigentlich ist man sein ganzes Leben lang spät dran. Nur sollte man nicht vergessen, auf eine kontinuierliche Entwicklung zu achten.

„Du meinst, wer viel springt, springt auch mal daneben ?" fragte Manuel spöttisch dazwischen. "Hast du schon mal überlegt, einen Ratgeber für aktive Senioren herauszugeben ? Im Ernst, ich kann mir vorstellen, daß es Leute gibt die aus Angst vor der Inflation oder weiß der Teufel was nie Rücklagen bilden, immer von der Hand in den Mund leben und ein entscheidungsloses, aber gleichmäßiges armes Leben leben. Ohne Investitonen in die Zukunft sind große Ansprüche nicht drin." Manuel ärgerte sich, noch einmal in diese Diskussion eingestiegen zu sein.

„Wie sollen Kinder unter solchen Voraussetzungen deiner Meinung nach also die Kraft zur

Selbstbestimmung finden ?" engegnete Gregor. Das galt wohl auch für Kinder reicher Familien, die entweder keine Zeit oder kein Interesse an den obligatorischen Kindern aufbringen, dachte er. Dadurch war in ihrer Unterhaltung eine kleine Pause entstanden. Gregor hatte die agressive Stimmung, die sich bei Manuel aufgebaut hatte, nicht bemerkt. Manuel unterbrach schließlich seine Wanderung unter dem Baum und blieb vor Gregor stehen.

„Hoffentlich bist du bald fertig mit deinem Vortrag. Es geht einfach nichts mehr an mich ran. Ich habe nur ein ganz einfaches Problem, das mich ziemlich schwer belastet. Vielleicht ist es Zeit, endlich einen Schlußstrich zu ziehen."

Der Ärger über Gregors Gedanken verschwand in einer ratlosen, auch ein wenig ungeduldigen Geste, mit der er seine letzten Worte begleitet hatte. Gregor war mit seinen Gedanken noch immer mit der Entwicklung des typischen Lebensplans beschäftigt, den Blick an einem Punkt weit entfernt im Tal verankert. Der unvermeidliche Abstieg beginnt, überlegte er, zuerst unmerklich, dann aber sehr schnell. Er durchwühlte seine Erinnerungen nach passenden Zusammenhängen und Beispielen. Problemlos bleibt ein solcher Fall nur, wenn man für eine Aufgabe vorgesorgt hat, die man im Alter leisten kann. Vielleicht eine handwerkliche, wissenschaftliche oder literarische Liebhaberei, aufgehoben aus Studenten- oder Lehrlingstagen.

Damit war er erneut bei der Vorstellung, die sein Leben am meisten bewegt hatte. Er fand diese Überlegung zugleich überzeugend und zufriedenstellend. Als er seine Aufmerksamkeit wieder Manuel zuwandte, war dieser an den Baum angelehnt, von den Erschöpfungen der letzten Nacht eingeschlafen. Gregor konnte kaum seinen Blick von diesem gleichmäßigen, ernsten und sehr schönen Gesicht abwenden. Er hat seine Entscheidung bereits getroffen, ging es ihm plötzlich durch den Kopf. Ein scharfer Schmerz stellte sich ein, ausgelöst von dem Gedanken an die bevorstehende Trennung.

Er stand auf, fischte eine Zigarette aus Manuels Packung und ging ein paar Schritte auf eine kleine Mauer zu, von wo aus man einen guten Überblick über das grüne Tal hatte. Otternheim lag still und sonnig vor ihm im Tal. Klar zeigten sich die Konturen unter dem hohen Himmel. Tränen liefen über sein Gesicht, ohne daß er sie behinderte noch versuchte, seine Fassung zu wahren. Nach einer Weile war ihm wohler, weil ihm einfiel, daß er Manuel später einmal wiedersehen würde, nicht so intensiv, nicht so jung. Er rauchte noch eine Zigarette, bevor er zurück ging. Endlich hatte er den Weg und den Mut gefunden, weiterzumachen und für seinen Erfolg zu kämpfen. Und das hieß, die Chance, die ihm gegeben worden war, in Rom zu verwirklichen.

Als er zurückkam, war Manuel bereits gegangen. Gregor ließ den Korb an seinem Platz stehen und ging vorsichtig den Weg, den sie gekommen waren, zurück zum Hotel. Er ließ sich Zeit dabei. In nächster Zukunft würde er die Vorbereitungen für sein Rom-Projekt in aller Ruhe in Angriff nehmen. Dieses Mal würde er nach Rom fliegen. Der Vorschuß, den er in seinem Zimmer aufbewahrte, war großzügig bemessen.

Im Hotel angelangt, telefonierte er von der Halle aus mit seiner Frau. Ja, er würde am späten Nachmittag zu Hause sein. Was er essen wolle? Er bereute, angerufen zu haben und beendete das Gespräch. Seine Hochstimmung war im selben Moment verflogen. Auf dem Weg zu seinem Zimmer rief ihn der Portier an die Rezeption und gab ihm eine Nachricht, die auf einen Briefbogen des Hotels geschrieben war.

„Ich habe mir erlaubt, für meine Tätigkeit als Bote das Geld anzunehmen, das du von Germaine erhalten hast. Die Bezahlung meiner Tätigkeit als Erzengel ist auch dann fällig, wenn die Botschaft nicht gehört oder verstanden wird. Du hast selbst gesagt, du wärst ein alter Narr. Du hast dir wahrlich eingebildet, ich sei derjenige, der deiner Hilfe bedürfe.

Den Menschen ist wirklich nicht zu helfen, selbst wenn man sie einen phantastischen Blick in einen Spiegel werfen läßt, in dem sie sich selbst erkennen könnten, wenn sie nicht zu verbohrt wären, um es zu erkennen!

Manuel

P.S.: „Deinen Wagen habe ich mir ausgeliehen. Die Vorsehung führe dich wieder zu ihm."

Gregor rannte die Treppe hoch und stürzte in sein Zimmer. Mit fliegenden Fingern öffnete er die lederne Mappe, in der er das Geld verstaut hatte und fand es nicht. Er sank auf sein Bett und stöhnte. Dann rief er den Portier an, um zu erfahren, wann Manuel das Hotel verlassen habe. Er war schon seit einer Stunde weg. Resigniert legte er auf und blieb auf der Bettkante sitzen, unfähig zu irgendeiner Regung. In seinem Kopf wirbelten die Gedanken durcheinander. Heulende Wut und Beschämung lösten einander ab. Er dachte an Mord und an Selbstmord. Jeder Gedanke an Manuel verbrannte einen Teil seines Gehirns. Endlich fiel er auf das Bett und schlief ein.

9.

Das junge Pärchen, Dominique und Georges, lachten so laut, daß ihnen die Tränen über die Wangen liefen. Antoine legte mir eine Hand auf die Schulter und sagte:

„Du bist wirklich zu gutmütig, was ?" Jean-Baptiste hatte als einziger Mitleid mit mir. Er stieß Verwünschungen gegen Manuel aus, obwohl er ihn gar nicht kannte.

„Das er mittlerweile so durchgedreht ist, hätte ich nicht gedacht," meinte Dominique, nachdem sie sich etwas gefaßt hatte. „Die ganze Story, die er dir aufgetischt hat, ist von vorne bis hinten erlogen. Er ist erst vor kurzem aus dem Knast gekommen, hat sich dann schleunigst aus Frankreich abgesetzt, weil da noch ein paar Rechnungen mit alten Kumpels offen waren. Die Erzengel - Masche hat sich in seinem hübschen Kopf also richtig festgesetzt. Mein armer Freund", sagte sie mit gespieltem Mitgefühl zu mir, „die Kohle dürfte wohl weg sein."

„Mit dem Auto kurvt er noch herum," ergänzte Georges und stand vom Tisch auf.

Ich bestellte einen Cognac. Antoine servierte mir einen doppelten und beobachtete, wie vor dem Atlantique ein Wagen hielt, ohne die Scheinwerfer auszuschalten. Durch die Regentropfen auf der Scheibe konnte er nicht erkennen, wer auf die Tür zukam.

Mit quietschenden Sohlen traten Manuel und Sophie ein. Die Gespräche an der Theke verstummten und alle drehten sich zur Tür um. Wie selbstverständlich nahmen sie an der Theke Platz, holten Zigaretten heraus. Niemand rührte sich.

„Antoine, gib uns zwei Whisky," rief Manuel quer durch den Raum. Er hatte mich in der Ecke am hinteren Ende des Tresens nicht bemerkt.

„He, Antoine, hörst du, zwei Whisky," wiederholte er etwas lauter. Antoine blickte nicht einmal auf. Er stand vor den Zapfhähnen und polierte ein Glas. Langsamer als sonst, mit beinahe liebevoll konzentrierten Handbewegungen.

„Bist du taub geworden, oder was," fuhr Manuel ihn endlich an. „Sieh mich an !" forderte er Antoine scharf auf und stieg langsam von seinem Barhocker.

Bei dieser ungewöhnlichen Aufforderung warf Antoine einen Blick in meine Richtung.

„Hier bekommst du nichts mehr. Trink woanders." Seine Stimme hatte einen ruhigen, endgültigen Klang. Geräuschvoll ließ er Wasser in das Spülbecken. Manuel blickte ungläubig auf Antoine. Er wankte ein wenig, wie ein Boxer, den unerwartet ein heftiger Schlag getroffen hatte. Sophie zog ihn am Ärmel seines schwarzen Hemdes und flüsterte auf ihn ein.

„Was soll das ?," fragte Manuel lauernd. „Was geht hier eigentlich vor ?" Er blickte Jean-Baptiste an, der sich eilig rückwärts in die Küche verzog, ohne sein Glas auszutrinken. Georges, der neben ihm saß, blickte gleichmütig auf den Tisch, ohne etwas zu sagen. Mit einer Handbewegung schnitt er Dominique, die gerade anfangen wollte, etwas zu Manuel zu sagen, die Sprache ab. Der Fischer, der an meinem Tisch gesessen hatte, stand auf und ging humpelnd an Manuel vorbei zum Ausgang. Als er direkt neben ihm war, murmelte er undeutlich „n`abend" aus seinen Bartstoppeln. Manuel machte eine Bewegung, um ihn festzuhalten, aber Sophie hinderte ihn daran. Sie flüsterte „gehen wir", zog dabei noch heftiger als vorher an seinem Hemds- ärmel. Ärgerlich schüttelte Manuel sie ab und ging zwei, drei Schritte in den Barraum hinein, bis er in der Mitte angelangt war.

„Du hast wohl vergessen, wer deinen Laden hier beschützt, Alter?" meinte er leise zu Antoine.

Antoine antwortete ihm nicht. Manuel ver- paßte ihm eine Ohrfeige.

„Na wird's bald, du Fettsack!"

„Ich brauche keinen Schutz, weder deinen noch sonst irgendeinen", gab Antoine gelassen zurück. „Du bist erledigt, auch wenn du es noch nicht weißt; alle anderen wissen es schon."

Im Flur zur Küche klappte eine Tür. Ich trat aus der Toilette und ging die paar Schritte, bis ich n den Lichtschein der Barlampen geriet. Ich war ziemlich bleich und hatte mich gerade übergeben. Manuel starrte mich an wie einen Geist. Eine Weile standen wir uns stumm gegenüber, einander ab- schätzend. Ich hatte den Eindruck, daß Manuel sich anstrengte herauszufinden, mit welchen Absichten ich wohl gekommen sein mochte. Vielleicht ver- suchte er auch, die unerklärlichen Worte Antoines in Bezug zu meinem Erscheinen zu setzen.

„Gib mir mein Geld, Manuel. Es ist meine Zukunft." Ich streckte herausfordernd die Hand in seine Richtung aus. Dominique starrte uns ängstlich an und stieß dabei einen klagenden, gepreßten Laut hervor, wie bei einem zu Boden gefallenen Dudelsack.

Mit einem Satz sprang Manuel an die Tür und sprengte sie fluchend auf. Ein Regenschauer schlug durch die Öffnung und verbarg in Sekunden Manuels sich schnell entfernende Gestalt.

„Nein," schrie ich auf, „ lauf nicht mehr weg!" Ich rannte hinter ihm her in die stockdunkle Nacht. Meine geblendeten Augen sahen nichts. Aus der Richtung der Straße, die zum Hafen führte, hörte ich, wie ein Auto mit aufheulendem Motor wegfuhr. Ich hörte, wie das Blut in meinen Ohren rauschte, der Zorn an meine Schläfen klopfte. Ich spürte, wie meine Zunge am Gaumen klebte, wie meine Hände zitterten und meine Beine weich wurden und einknickten. Ich kniete im Regen, keuchend, unfähig den Kopf von meiner Brust zu heben um in die schmale Straße hineinzusehen. Der Wagen war schon um die erste Biegung verschwunden. Mit zunehmender Entfernung wurde das Röhren des hochgedrehten Motors schwächer.

Direkt neben mit stoppte ein weißblauer Kastenwagen. Antoine zog mich ohne Umstände auf den Beifahrersitz.

„Wir schnappen ihn uns." knurrte er, eine kurze Zigarre zwischen den Lippen.

Am Hafen war niemand. Es war absolut menschenleer. Einige Lampen warfen ein trübes Licht auf die nassen Häuserfronten. Antoine stellte den Motor ab. Wir hörten das Heulen des Windes, Regenklatschen auf dem Blech des kleinen Lieferwagens.

„Ich glaube, ich weiß, wo er hinfährt," sagte Antoine plötzlich, als sei ihm eine alte Erinnerung in den Sinn gekommen. Er wendete den Wagen und nahm die Straße zum Strand. Mit hoher Geschwindigkeit jagte er den klapprigen Wagen durch die wassergefüllten Schlaglöcher ohne auch nur den Versuch zu machen, ihnen auszuweichen.

Während der zehn Minuten, die die Fahrt dauerte, schwieg ich. Mein Magen rumorte. Ich überlegte, warum ich eigentlich hinter Manuel her war. Was würde ich tun, wenn wir ihn stellten? Das Geld, das er mir abgenommen hatte, war wahrscheinlich längst weg oder so gut versteckt, daß ich es nicht finden würde. Alle meine Träume von der großen Chance, auf die ich so lange hingearbeitet hatte, würden Traum bleiben. Trotz dieses Wahnsinnszufalls, der sich in der Erscheinung Germaines manifestiert hatte. Die lange ersehnte, erhoffte, insgeheim immer erwartete große Chance. Bilde ich mir das alles nur ein? Kann man Realität und Phantasie eigentlich in diesem Spiel noch auseinanderhalten? War ich vielleicht so besoffen gewesen, daß ich dem Spektakel der gepuderten Affen wegen ihres affektierten Gehabes auf den Leim gegangen war. Die hatten sich sicher über meine Dummheit und Naivität angesichts ihrer kleinen Komödie herzlich lustig gemacht. Aber welche Rolle spielte Manuel, den es ja nun wirklich gab, hier am Meer, nur einen Kilometer voraus? Also kein Traum, entschied ich.

In dem holpernden Wagen wurde mir wieder schlecht. Antoine hatte den Strand erreicht. Der Wind schlug hier heftiger an unseren Wagen. Im Scheinwerferlicht vor uns erkannten wir schemenhaft meinen Wagen, der mit offener Fahrertür im Sand stand. Er war festgefahren. Antoine und ich kämpften uns durch den Sturm vorwärts.

„Da hinten sind die Bunker, „ schrie Antoine in meine Richtung und wies unbestimmt in die Dunkelheit.

„Wie sollen wir ihn denn da finden ? „ brüllte ich mit schmerzverzerrtem Gesicht zurück. Ich wollte in mein Haus. Und dann schnellstens nach Hause.

„Ich glaube, ich weiß wo er ist." Antoine stapfte in glänzenden schwarzen Gummistiefeln durch Sand und Dünen, ohne daß er den Boden hätte sehen können. Ich stolperte hinter ihm her, bemühte mich, gegen den Wind und den unregelmäßigen Untergrund das Gleichgewicht zu halten. Vor uns tauchten schwach die Umrisse eines nach vorn abgesunkenen Bunkers auf. Ein schmaler, unregelmäßiger Spalt bildete den Eingang an der Stelle, wo er durch einen Sprengversuch geborsten war. Antoine rief nach Manuel. Der Wind riß ihm sogleich die Worte von den Lippen und verwehte sie über den Dünen. Vergeblich versuchte er, sein Feuerzeug anzuzünden, um einen Blick in den Innenraum werfen zu können. Langsam quetschte er seinen massigen Körper in den Spalt und ich sah ein das sekundenlange Glimmen eines winzigen Lichtes.

„Nichts," winkte Antoine verneinend, als er wieder hervorkroch. „Er ist nicht da."

„Lassen wir es", keuchte ich erschöpft.

Antoine gab mir keine Antwort. Er verschwand in der Nacht. Ich blieb in Regen und Kälte zurück. ohne mich zu rühren. Dann stolperte ich in die Richtung, aus der das Brausen des Meeres am stärksten war. Es zog mich bis fast hinein in den brodelnden schwarzen Abgrund vor mir. Eine besonders hohe Welle griff gierig nach meinen Beinen und riß mich beinahe um. Aber nicht meinetwegen war sie gekommen. Sie hatte, nur ein paar Meter von mir entfernt, einen Körper an Land gespült. Ich kroch zu der Gestalt, um mich zu vergewissern, wer es war, der da lang hingestreckt zwischen schwarzen Algen und Dreck lag. Das es Manuel war, daran hatte ich keinen Zweifel. Das Meer hatte Manuel wieder ausgespuckt

Er war nicht viel nasser als bei unserer ersten Begegnung. Ich nahm seinen Kopf in die Hände und versuchte, sein Gesicht zu erkennen. Es leuchtete schwach, dabei war es merkwürdig konturlos. Ich weinte, weil sich Manuel der größten Liebe, die ich jemals einem Menschen gegenüber empfand, bemächtigt hatte. Er würde sie nicht mehr zurückgeben. Ich gestand mir ein, daß er sie nie zurückgegeben, nie erwidert hätte. Ich erschrak, als ich feststellte, daß seine Augen noch immer geöffnet waren und er mich bei meinen Gedanken unverwandt angesehen hatte. Ich nahm seine Hand, zog den silbernen Ring von seinem Mittelfinger um ihn später vielleicht Sophie zu geben. Dann schob, zog, zerrte ich seinen Körper zurück zum Meer. Ein Strahl des Leuchtturms streifte ihn noch, als er von einer gierig gischtenden Woge endgültig der Tiefe des Ozeans einverleibt wurde.

Nach einer Weile fand mich Antoine an der Stelle, wo ich Manuel gefunden hatte. Er legte seine Hand auf meine Schulter. Ich konnte nichts sagen. Weder wußte ich, ob er mit angesehen hatte, wie ich Manuel fand, noch berichtete ich ihm davon.

Auf dem Rückweg mußte mir Antoine zweimal aufhelfen, weil ich die Kraft zum Gehen kaum mehr aufbrachte.

Der folgende Morgen war windig, aber nicht mehr stürmisch. Es wurde nicht richtig hell, dafür regnete es ausnahmsweise nicht. Stahlgrauer Himmel. Davor zerfledderte schnelle schwarze Wolken. Ich packte meine Koffer fertig. Mittags brachte Antoine meinen Wagen, den er aus dem Sand gezogen hatte.

Wir setzten uns für einen letzten Aperitiv in die Küche. Antoine trank nachdenklich einen kleinen Schluck. Er betrachtete fachmännisch zwei kleine farbenfrohe Arbeiten über die ländliche Charente von Louis Suire aus den dreißiger Jahren.

„Er ist erst kürzlich aus dem Gefängnis entlassen worden. Dominique hat es schon erwähnt. Er konnte seine Finger nie von krummen Touren lassen. Zuletzt ist er nur ein dreiviertel Jahr drin gewesen. Hat ihm aber die Flügel endgültig gebrochen.“

„Als er diesmal rauskam ist er nach Deutschland gegangen ?" fragte ich.

„Weiß ich nicht genau, aber schließlich hast du ihn ja dort getroffen. Das muß so sechs Wochen später gewesen sein; er wollte sich mit den rasierten Haaren hier nicht blicken lassen."

Wir tranken unsere Gläser aus und standen auf.

„Engel darf man nicht einsperren; sie sterben daran, wenn sie nicht fliegen können." Als sei damit alles gesagt, drehte sich Antoine um und verließ das Haus.

„Bis zum nächsten Jahr," verabschiedeten wir uns. „Keine Geschichten mehr," meinte er, als er meine Hand drückte. Bevor er ging, drehte er sich noch einmal zu mir um.

„Er war nie ein guter Schwimmer."

Am nächsten Tag hörte ich während der Rückfahrt im Autoradio einen Bericht über den Antlantiksturm. Ich hörte nicht so genau hin, weil ich mir nur zu genau vorstellen konnte, wie der Sturm sich ausgewirkt hatte. Trotzdem stellte ich die Lautstärke höher und bekam noch einen Teil mit.

„...der fraglichen Nacht wird der 26-jährige Manuel G. aus St. Martin vermißt. Seine Begleiterin gab an, er habe unter Drogeneinfluß gestanden. Wie die Polizei mitteilte, handelt es sich bei dem mehrfach vorbestraften Vermißten um den sogenannten „Erzengel". Er hat sich auf der Ile de Ré einer Reihe von Schutzgelderpressungen schuldig

gemacht. Ein gewaltsamer Tod wird nicht ausge-
schlossen. Alle Informationen, die..." Ich schaltete
das Radio aus und fuhr die nächste Raststätte an.
Ich hatte schon keine Tränen mehr. Sie schienen
mir zunehmend unangebracht.

Vor dem Eingang zum Rasthaus sprach mich
ein junges Mädchen an. Sie verstellte mir direkt den
Weg, so daß ich fast in sie hineingelaufen wäre.

„Fahren sie vielleicht nach Mainz ?," fragte sie
mich auf deutsch. „Können sie mich nicht mitnehmen ?"

Ich schaute sie einen Moment lang an, um zu
prüfen, ob sie ein Engel war und bot meine ganze
Beherrschung auf, sie nicht zu schlagen.

„Sie heißen nicht etwa Sophie oder so ähn-
lich?" stellte ich die Gegenfrage mit vor Wut ge-
quetschter Stimme.

„Schon möglich, warum wollen sie das wissen?" antwortete sie verblüfft. Sie sah mich plötzlich scharf an, als ob etwas nicht mit mir stimmte.

„Ich fahre lieber allein," sagte ich bestimmt,
äußerlich wieder ruhiger. Dann schob ich sie grob
zur Seite, kehrte um, stieg in meinen Wagen und
fuhr los.

„Idiot," schrie sie mir nach, „du verdammter
Idiot !"

*